圖片來源：Wikimedia Commons

杜斯特・穆罕默德（傳）／胡馬雍及其兄弟／約 1550 年／不透明水彩、細密畫、紙本／40×22 cm／德國柏林國家圖書館藏。

此圖將人物安置在華麗的風景中；岩石透明如珠寶，但有些怪異，表現出一種超現實主義的效果。

圖片來源：shutterstock

胡馬雍陵／1562～1570年／紅砂岩加白色大理石鑲嵌／印度德里。

胡馬雍陵是印度第一座花園式陵墓，陵墓主體建築由紅色砂岩構築，陵體呈方形，四面為門，陵頂呈半圓形。這類風格啟發了後續蒙兀兒建築的靈感，高峰時期代表正是後期的泰姬馬哈陵。

圖片來源：Gary Todd@Wikipedia, CC0

舞女像／約西元前 2300～前 1700 年／紅銅／10.5×5×2.5 cm／印度新德里國立博物館藏。

這件小銅像表現一個細瘦的非洲少女舞者，她赤裸身子輕鬆地站著，右手插著腰，左腿微彎以平衡立姿。

圖片來源：Mamoon Mengal@Wikipedia, CC BY-SA 1.0

祭司像／約西元前 2600～前 1800 年／石灰岩／高 17.5 cm／巴基斯坦喀拉蚩國立博物館藏。

祭司像造形簡單、表情嚴肅，尤其是那緊閉的嘴唇、巨大的鼻樑、略為下垂的眼瞼和整齊而有個性的鬍子，更增加其威嚴。

奈都夫人詩全集

Collected Poems of Sarojini Naidu

奈都・莎綠琴尼 著
糜文開 譯

PREFACE

To this Chinese Edition

By the Poetess herself

Human emotions and experience are the same all over the world, though they express themselves in various spiritual idioms. All old literatures are universal in their appeal and power to create and foster international understanding and fellowship. We in India are most eager to promote close understanding and fellowship with the ancient country of China whose civilization is one of the great glories of past ages and whose endeavours for freedom fill one of the most inspiring chapters in this world's contemporary history.

Mr. Mee of the Chinese Embassy in India has already rendered great service by his *Indian History Told in Stories*. Now he has with much kindness and courage translated my English poems into Chinese and given me the privilege of reaching the heart of China.

May some of my poems help to awaken a bond of sympathy between China and India, whose destinies are allied in their mission to refashion a new world.

Sarojini Naidu,

16th September, 1948.

中譯本序

人類的感情與經驗，普天之下到處都相同的，雖然表現在種種不同的心靈之術語中。自古文學作品普遍地充溢著感動力與創造力，足以扶植國與國間的了解與友誼，我們印度人格外渴望與中華古國增進了解與友誼。中國的文化是過去年代的偉大光輝之一。她的為自由的奮鬥，在這世界的當代歷史中寫成了特別動人的一章。

中國駐印度大使館糜文開先生已經用他的《印度歷史故事》效了大勞，現在他又以好意與勇氣把我的詩篇譯成中文，因此給我以感染中國之心的特權。

願我詩篇之中，有些足以促醒中印間的同情結合，兩國的命運已聯合在共同的使命中來造成一個新的世界。

奈都・莎綠琴尼

一九四八年九月十六日

1　題御笛集

印度偉大女詩人奈都夫人《御笛集》是她革命時代心絃震蕩的聲音。也是印度靈魂的歌唱；茲經糜文開先生譯成中文，為寫一首新詩，在這詩的前頁。

原來是美麗的英文，
珍珠似的圓潤；
但是寫出來的，
卻是沉鬱的印度心靈。
她有亡國的悲痛，
她有復國的精神；
她有女性的溫存，
她有革命的熱情；

她顆顆的珠淚，
滴進了未死的人心。
她砍下喜馬拉雅山的龍竹，
把這枝御笛做成，
在印度洋邊和著潮音，
吹出自由的新聲。

羅家倫
民國三十七年新德里

譯者弁言

譯詩是十分困難的事，譯某一大詩人的全集，更是困難中之困難。選譯當然比較容易精彩，但譯全集更有譯全集的價值。一般讀者不妨挑全集中最精彩或自己愛好的詩讀。

《奈都夫人詩全集》的翻譯工作，開始於去年九月初，德里騷亂時期雖一夕數驚，也照常工作著。那時德里學校全都停課，長女榴麗便來幫我翻譯。我們花了五個月工夫，初稿完成。中間她因燙傷入醫院，所以她只譯了四十來首，然而這次譯詩已引起了她對詩歌的狂熱的愛好，她在病榻上仍譯了幾首，而且開始用英文寫了好幾首詩。此後我應商務之約趕寫《聖雄甘地傳》，把譯成的初稿擱置了三個月，五月下旬才開始初稿的修飾及註釋工作。每一首詩讀過好幾遍，來斟酌字句的修改。原詩中有不能了解之處，就寫信去問作者奈都夫人，奈都夫人到德里來時便當面去請教。這樣，到本年八月底才全部完成，前後已整整經過了一年。這期間因為研究奈都夫人的詩，我寫了一篇〈奈都夫人詩簡論〉發表於南京《中央日報》，榴麗寫了一篇〈奈都夫人小傳〉發表於《上海時與潮》副刊，現在都編在這集子中。

這部全集共計詩歌一百四十九首，是作者三本詩集的合訂本。這合訂本先在美國出版，取名《御笛》(*Sceptred Flute*)，我根據的是印度 Allahabad 的 Kitabistan 一九四六年版本，是向羅大使借來，原是奈都夫人自己送給他的，所以書內印錯的地方也經作者自己改正了。可是這合訂本已把三本集子的原有序文刪去了，我沒有能找到這三集的原本，所以連那三本集子出版的年代也考不出。去年《我們的印度》月刊六月號上的一篇〈奈都夫人詩〉的論文中，曾提及三本集子的出版年分是《金閾》一八九六年，《時之鳥》一九一二年，《折翼》一九一五年。但這顯然是不正確的。一八九六年她還沒有結婚，而《金閾》中有〈給我的孩子們〉一首，是寫給她的四個兒女的，所以或是一九〇六年之誤。又，《折翼》中〈春之蒞臨〉一首標明寫於一九一六年，所以《折翼》的出版年分，至早也要在一九一六年。我曾面詢奈都夫人，可是她也已經記不清正確的年分了。

我與榴麗譯詩時，每譯一首，即請著名英語教授許夢熊兄代為仔細校訂，詩中有疑難的印地文，由榴麗查印地文字典，並請教印度朋友，遇有烏都文或阿拉伯文，則請教回教語文專家海維諒兄，遇有生僻的典故，我也不怕煩難的查閱印度歷史及印度古今文獻，最後也去請教作者自己。羅大使也時時予以指導及協助。所以，這部譯文雖不能稱完美，實在已是集合許多人的力量才完成的了；這許多人的聚集在一起，卻是不可多得的機會。這樣一位大詩人的集子而一向沒有中譯本的道理大約也就在此。這一次的譯成，全靠多方面的協助，頗堪紀念，在這裡，我向他們致謝。

最後奈都夫人又於七月三十一日與我們譯者、校者合攝一影，於九月十六日在百忙中特地抽暇為這中譯本寫了一篇序，羅大使也題了一首詩，給我們放在卷首，更使我們感得無上的榮寵。

糜文開

一九四八年九月十七日

奈都夫人小傳

今年三月第一次泛亞洲會議在新德里開會。這會議的召開是由奈都夫人所主持的，出席的有中國、土耳其等三十餘國代表二百數十人，到會的聽眾有三萬人，真是印度史上第一次盛大的國際會議。在這裡，我也第一次聽到了奈都夫人的演說，她的演說真偉大。這用思想的經，感情的緯，織成的演說，有節奏有旋律的演說，真像一首配上了樂曲的偉大的詩篇。她雖剛病痊，她的抑揚而清脆的聲音卻響徹了會場每一角落。她高立於主席臺上，很自然的隨口致詞，只聽見她的聲音，有時像花晨的鳥語，月夕的鳴琴，委宛動人。有時她似自由女神般一手高舉，大聲疾呼，又像獅子的怒吼，巨雷的震響，表達了她鋼鐵的意志，點燃了全場人的熱情的火焰。這時在我小小的心裡自語著：

「啊！這真是一首偉大的詩篇！」

這位燦爛的人物，她最初出現於印度，是一個民族詩人，接著成為一個革命領袖，一個政治家，一個婦女運動的領導者。這多方面的發展，寫成了她詩一樣動人的生平，把她鎔鑄成一個亞洲偉大的女性，詩哲泰戈爾以外最知名的印度大詩人。

奈都・莎綠琴尼(Sarojini Naidu)一八七九年二月十三日生於南印度回教土邦海德拉巴，但她是屬於孟加拉省的婆羅門望族。她的父親是蘇格蘭愛丁堡大學的科學博士，姓卻託帕特耶，名亞哥里奈(Aghori Neth Chattopadhyaya)。他在海德拉巴創辦了尼山大學，就在尼山大學擔任校長的職務，推行印度的科學的教育。她的母親是一位用孟加拉文寫詩的女詩人。

莎綠琴尼自幼即受到嚴格的教育。她在六歲時，曾被父親打過一次，原因是在練習英語會話時，她講錯了一個字。在九歲時，因為她不用功讀英文，又被父親鎖在一間屋子裡。從此她的英文很有進步，且下了非用英文說話便不開口的決心。但是她的母親還是同她講印度話，而她的父親也並不太壓制她的個性，卻主張讓她的子女就性之所近，得到最適宜的發展。

莎綠琴尼對於美術、詩歌、文學以及大自然美的愛好，自幼即非常濃厚。她十一歲時，便開始寫她的第一首詩，發現了她寫詩的天才，從那時起，她的寫詩生活便開始了。她在做代數題時，盡力思考，總是做不出來，在這極端困惱之下，卻毫不費力的寫了她第一首詩。在十二歲時，她的學力使全印度為之驚奇，因為她這時獲得了印度馬德拉斯大學入學考試及格證，但是她對學校教育，並不感到很大的興趣，她只是專心於她的寫作練習。在十三歲時，她依照英國詩人司各德的格調，寫成了一首一千三百行的長詩，又寫了一個二千行的劇本。因此，損壞了她的健康，她就被令停學回家休養，可是她不能完全靜下來，在靜養時期，仍每天記她的日記，而且又寫了一本小說。

一八九五年，莎綠琴尼十六歲，愛上了年輕醫生奈都。印度教傳統的禮俗，不同身分的人，是不許通婚的。莎綠琴尼所屬的婆羅門是印度社會上的最尊貴階級，而奈都．郭文達拉朱魯（Govinda Rajulu Naidu）卻是最低賤的第四階級首陀羅。她父母對於這件事深感不安，便把她送到英國去留學。她到英國後先在倫敦的皇家學院，後來轉入劍橋大學的格里頓學院，可是三年後她從英國回印，她仍不顧階級的限制、社會的抨擊，終於打破這幾千年來的鄙習，和奈都結了婚，成為社會革命的先驅。他們結婚後，過著頂幸福的家庭生活，育有子女各二人。

她在英國留學期間仍埋頭寫作，她的作品得到英國人的好評，作家兼批評家亞塞．西門（Arthur Symons）對奈都夫人的印象很好，他指出了她特具的優點，他深表驚異她那一雙有表情的眼睛，說那是搜尋大自然美和發掘美與生命的奧妙的慧眼。其他的特點被西門所發現的，是她對於苦與樂的敏感和她的幽默感。

可是那時她的詩的風格與內容，完全是英國式的，沒有能夠把握東方的精神與色彩。直到她遇見一位英國友人，才得到了她寫作方向的啟示，這友人便是著名的文學批評家歌史爵士（Sir Edmund Gosse），歌史勸她改變作風，用印度人的身分去寫印度生活，去描繪印度的風土人情，去頌讚偉大的喜馬拉雅山與神聖的恆河，去歌唱印度古今男女英雄的偉烈。以後她寫了三本詩集：《金閾》、《時之鳥》、《折翼》，使她一躍而為聞名世界的一位印度大詩人，有「印度夜鶯」、「印度女王」等稱號。

這三本詩集，她一方面吸收了印度民歌與古詩的情調，用純熟的英文詩歌的技巧，表達於世界，一方面呼喚著印度國魂的甦醒，熱切期望新印度的誕生。她的樂觀的精神，鼓舞著印度青年用不滅的生命之力來承受苦難，為國家人類光明而服務。有一個故事說，當甘地和印督談話而感到迷亂時，他閱讀奈都夫人的詩作，於是重要的會談得順利的進行。

奈都夫人的三本詩集，在印度有各種印度語的譯本，並有若干首配上了樂譜以便歌唱，她的詩集，也有幾種歐洲語的譯本。她的詩集在美國出版時，三本訂成一冊取名叫《御笛》。可是她的詩篇中有很多印度花木蟲鳥、人名神名等，不加註釋，外國人是不易了解的。

奈都夫人是一個有革命思想的熱情女子，單是寫詩的生活不能滿足她的欲望，所以她參加了政黨的活動。一九一五年她的詩作在國民大會宣讀，一九一六年，在國民大會的勒克瑙會議中，她已嶄露頭角。從此她努力於政治的鬥爭。詩哲泰戈爾曾經告訴她說：「當房屋著火燒起來的時候，詩人必須停止歌唱，而去拿水來搶救。」當甘地號召全印發動不合作運動時，她已毅然走上街頭、走向農村，把全部的心力獻身於革命工作。從此，她放棄了創作詩歌的生活，很少寫詩。她把她烈火般的演說，代替了她的詩歌。

奈都夫人是國民大會裡的第一流演說家，能用印度通行的各種語言作極其流利的演講，而且有詩一般的力量。有一次，塞爾波斯爵士對她說：「夫人，我們感謝妳在我們平凡的進程中，帶來了詩的力量。」她前進的精神，引導著許多印度青年，追尋偉大的目標。她通常工作的武器，就是演說，她赴全印各地演講，所發生的力量不下於久經戰場的十萬雄師。據說尼赫魯的走上遠大的前程，也曾受她動人的雄辯所感召。

一九二五年她當選為國民大會的主席，這是印度女性第一次獲得這榮譽的職位。後又被選為印度婦女大會的主席，主持全印婦女運動。她曾遊歷歐美、南非及亞洲各地去演講關於印度的一切，使世界人士明白真相，對印度民族解放運動有深切的了解與同情。她也曾多次被捕入獄，損壞她的健康，然而這更加強了她的勇氣與信念。一九三〇年的被捕，是甘地在食鹽長征中被捕後，她領導著真理運動的關係。一九三二年的入獄，是她代理當時被禁的國民大會的主席的緣故。最後一次是一九四二年國民大會的八月決議要求英人退出印度，引起了大逮捕。她是一個威可懾人的人物，據說某次她曾從這個警察局到那個警察局要求入獄，警察要想捉她而不敢下手，警察一捕到她，就很盡職地聽她的命令。

但是她的艱苦卓絕的事業並未把她男性化，她還是一個女性。她愛她的子女、她的朋友，她愛歡笑，她愛談天，她愛幽默。她在印度是一位交際最廣的女主人。她在孟買泰姬飯店的接待室裡，什麼樣的客人都可看到，上自王公貴人，下至吞刀吐火的一流人物。全印都知道有一個笑話，說是奈都夫人日食五餐，兩餐是飯，而三餐是談天。去年九月印度過渡政府成立後，在新德里的各個酒會上，也常見她穿著墨紅色的紗麗、古式的印度鞋。逢人應酬，雖是老態可掬，依舊談笑風生，並健於啖嚼，不時揀著香腸、雞肉之類，送進口中，吃得津津有味。

在印回糾紛中，她是一個有力的調停人，因為她自小便與回教徒為友，能讀回教徒使用的文字，最能了解回教文化，最得印回雙方的信任，但是她歷年印回團結的努力，還沒有得到最好的結果，現在巴基斯坦政府的成立，印回在目下還是分治了。

奈都夫人在婦女運動方面，努力廢除童婚和深閨制度。她要求女子在爭取印度獨立中，要和男子同樣努力表現同等的能力。她要求印度的父母給女兒以頂好的教育，使她們努力向上，趕上時代去作女法官、女律師、女議員等，但千萬不能忘掉去作一位賢妻良母。她贊成婦女參政，但她不爭論制定婦女的各種額定人數，她說：「假使要強迫的話，我們仍是弱者。」奈都夫人本身便是印度婦女的表率，她的獲得政治地位，只依靠她的能力的表現。本年八月十五日英國將印度政權交還印人，印度新政府成立，她被任為聯合省省長。

她和擔任駐蘇大使的潘迪德夫人、擔任中央政府衛生部長的阿姆立・德高爾 (Rajkumari Amrit Kaur) 被稱為印度三女傑，但三人之中要算她的資格最老，她在國民大會中工作已達三十餘年之久，年紀也最老，今年已經六十八歲了。但是她那矍鑠的精神，老而益壯，她似乎覺得比她的女兒還要年輕。

奈都夫人是新印度的母親，她本著愛的動機來為人類服務，她愛護青年，她引導他們走向真理。印度的青年男女對她也有無比的信仰與尊敬。她曾說很希望她死後在她墓碑上刻著這樣一句墓銘：

「她愛護印度青年。」

糜榴麗

一九四七年十月

奈都夫人詩簡論

——為慶祝她的七十壽辰而作——

奈都夫人生於西元一八七九年二月十三日，依照印度或中國的習慣計算，今年十二月十三日是她的七十大慶，花了整整五個月的時間，我把她所有《金閾》、《時之鳥》、《折翼》三本集子的全部詩篇完成粗糙的初譯工夫，現在趕寫這篇簡論，藉表我祝嘏之忱。

一、奈都夫人與泰戈爾

奈都夫人是當今印度第一大詩人，自從詩哲泰戈爾於一九四一年逝世後，現在印度作家的名望，無出其右者。她繼泰戈爾主持印度筆會，去年三月在印京新德里召開泛亞洲會議，她是主持人，去年年底，又被推為印度中印學會會長，並為泰戈爾所創辦的國際大學之名譽校長。她不特在文化工作方面，有卓越的成就，有崇高的地位，而且她又是一位實際負責的政治家，早在一九二五年，她便被推為印度國大黨的主席，去年八月十五日新印度政府成立，她又被任為聯合省省長。因為她寫成三本詩集以後，便放棄她的創作生活，而獻身於革命工作，所以她的作品，沒有泰戈爾那麼多，寫作的範圍，沒有泰戈爾那麼廣，她在世界文壇的聲望，也沒有泰戈爾那麼大。但是平心而論，她的詩篇，實與泰戈爾的同樣有萬丈光芒，可稱為二十世紀前期印度詩壇之雙星。

泰戈爾詩清新俊逸，毫無斧鑿痕跡，如李白之飄飄欲仙，奈都夫人詩句鍊字鑄，意境深刻，如杜甫之切近實際，其作風雖殊異，而其技巧，則都已達高峰，而且兩人同樣表達了東方精神的極致，有其偉大的哲學思想的基礎。其實奈都夫人詩熱情的磅礴，氣象的宏大，均為泰翁所缺，而她的鬥爭的精神，堅定的意志，尤足代表革命時代的印度。

二、印度博覽會

奈都夫人早年寫詩，刻意模仿英國名家，十分酷似，以一印度女孩，卻能寫出詞藻豐美的英文詩來，大使英人吃驚，可是英國的大批評家歌史爵士，卻認為循此途徑前進，她不能得到最大的成就，她必須轉換方向，用印度人的身分去寫印度的生活，去把握東方的精神。她得此啟示，便開始用民歌的方式去描繪印度人的風土人情，去歌唱印度人的光榮與災難，使她一舉成名。因此，我們讀她的詩集，尤其第一集《金閾》，無異參觀了一個印度博覽會，幫助我們了解許多印度知識，並深印在腦中。例如〈迷蛇曲〉，模擬著魔笛的音調，描寫魔笛中所傾吐的呼蛇之語，看過印度蛇舞的，很易被這首民歌所迷醉。又如〈烈婦詞〉，她代印度無數火葬殉夫的婦女訴說了心頭的痛苦，〈帕闥吟〉用高超的技巧，對印度的深閨制度，施以猛烈的側擊，〈伐桑旁遮米〉描寫印度春節的寡婦之幽怨，〈印度舞〉描寫印度的舞蹈。第二集《時之鳥》中的〈村歌〉描寫鄉村男女設計調情的風格，活似我國的山歌，〈晚禱的呼聲〉描寫印度各種宗教信徒的奇異晚禱，〈老婦人〉描寫老乞婦的宗教信仰，都是絕妙佳篇。

其他還有〈雨神因陀羅頌歌〉、〈收穫讚歌〉等不少宗教詩歌，表達了印度人的宗教熱忱，她用一個人的力量，寫出了現代印度的《吠陀經》。

三、印度國魂的復活

哦，經過了妳記不清的漫長年代，妳還是年輕！
起來，母親，起來，從妳頹喪中更生，
像一個新娘高配著天體，
從不老的胎房，新的光輝臨盆！

桎梏著的國度在黑暗中哀鳴，
渴望妳引導他們趨向偉大的黎明……
母親，哦，母親，妳緣何酣睡？

起來，回答，為了妳的一群小孩！

「將來」用種種的聲音在叫妳，
去獲得美譽，光輝，和偉大的勝利；
醒來啊，哦，睡著的母親，戴上皇冠，
妳原是至尊無上的「過去」女皇帝。——〈給印度〉

奈都夫人就在她表達印度色彩的詩篇中，冒出了這樣一首熱情的呼喚印度國魂復活的詩，這鼓舞了多少印度青年奮發的心，點燃了印度革命的火炬，直到去年印度刊物上仍有人論及此詩，說這首詩雖然已寫了四、五十年，今日讀之，還深受感動，有如為今日而寫的一般。

此後，她又寫了更充實的〈愛之頌歌〉，高呼著：

哦，母親，我們有一條心來愛妳，
一個完整的、不可分的靈魂，
我們奔向一個偉大神聖的預定目的地；
一個希望，一個目標，一個信仰的聯繫。

她在〈死與生〉一首中，更確切地回答，必須完成的預定工作為「我國家需要的服務」。她也寫了讚美甘地的〈蓮花〉、對真納呼籲的〈醒來〉（一九一五年作）等詩，這樣她實際已從表達印度，脫胎而為鼓吹印度復興了。

四、生死與哀樂

印度生活是一個特殊的題材，描寫印度生活的作品，容易吸引讀者，生死與哀樂，是普通題材，古往今來，已有無數人寫過了多少名作，要在這上面出人頭地是絕對困難的，但是一個最偉大的作家，絕不肯避卻這最普遍的大題材，而且一個作家也必得把握這永久的題材，於這方面有新的卓絕的成就，才能成為一個最偉大的作家。奈都夫人之所以成為最偉大的作家，也就在能在這方面的努力，終於獲得成功，寫出了她不朽的傑作。

奈都夫人是入世的，她不是一個虔敬的宗教信徒。她的詩集中雖寫了不少《吠陀經》一樣的詩篇，這只是她以民族詩人的身分，表達印度人的所感所思，她集中的詩也很複雜。有的是民歌的英譯，有的是古詩英譯，所以一方面有神的讚歌，有村女辭母修仙的民歌，一方面也有以她個人人格出現的〈給我的神仙幻想〉等詩，排除這方面的感情，在〈給我的神仙幻想〉一首中她宣告著：「現在我是一個穿戴思想的歌人，到達了生命的高處與寂境。神仙幻想，飛開去！」

她的思想怎樣？她對生命的認識怎樣？

第一，她是一個詩人，她需要各種世味的體驗，所以她歡迎「每一種苦痛和歡快」，來充實她「愛和生的錯綜知識」（〈靈魂的祈禱〉）。她需要「生」，「不能死去」（〈詩人給死神〉），但是沒有「死」，也便不能知道「生」，死也是人生的一部分，所以她不怕死，甚至歡迎死（〈歡迎〉），以認識墳墓的神祕（〈靈魂的祈禱〉），生命的內容，包括歡樂與悲哀，甜蜜與苦痛，愛與恨，歌與哭，笑與淚，生與死，夢與醒，希望與幻滅種種人生的體認，而且必得承受「災難」，與「命運」搏鬥，才能體會生活（〈生命〉）。

但是生活的意義究竟何在？我們再在她的詩中看她的答案。

哦，命運之神，你雖把我的生命，
在痛苦的磨石中，像穀粒般壓磨成粉，
看啊！我將用我的淚使它發酵，
我將把它捏成希望的麵包，
來安慰那些沒有收穫的無數的心，
它們只有災難的苦草。——〈無敵〉

雖你否認我存在的希望，
洩漏我的愛，毀滅我最甜蜜的夢，
我仍要消解我個人的悲哀
在大眾歡快的深泉之中……
哦，命運，你徒然企圖來制勝
我脆弱的但又沉著不屈的靈魂。——〈抗命歌〉

〈抗命歌〉是一首偉大的詩篇，與韓愈的〈送窮文〉、雪萊的〈不幸姑娘〉(*Invocation to Misery*)，題材相仿，技巧異曲同工，而奈都夫人的意境更勝一籌。杜甫的〈茅屋為秋風所破歌〉：「安得廣廈千萬間，大庇天下寒士俱歡顏，……吾廬獨破受凍死亦足。」這種推己及人而不以個人為重的觀念，頗為後人所讚美，而奈都夫人的為貧苦大眾服務的利他主義，不屈的抗命精神，更為我們嘆服。她的停止詩人的歌唱，也就是為了全心全力實踐她的所言，〈抗命歌〉堪稱為奈都夫人的代表作。

五、具特色的情詩

奈都夫人的情詩是有名的，第三集《折翼》最後一輯「廟二十四首」，尤為精彩，尤為膾炙人口，差不多可說是字字珠璣，首首深刻，不同凡響。

奈都夫人所寫的民歌，大多是擷取原有印度民歌的精華，表現印度色彩，但一部分卻是舊瓶新酒，借屍還魂，她在《時之鳥》集的第三題〈印度戀歌〉一首中，鼓吹她印回聯姻的主張：

愛神不管宿仇與殘忍的愚行，不問宗族的親近與疏遠，
在他的耳中，神廟的鐘聲和摩愛僧的呼喊，是一樣的美善，
愛神將消解古代的過失與平復古代的忿恨，
用他的眼淚，贖取那玷汙了過去年代的難忘之罪愆。——〈印度戀歌〉

羅密歐與茱麗葉所屬的兩族雖是仇敵，但他倆戀愛了，印回的世仇，應以通婚等方法來消解它，奈都夫人的這種主張，頗著成效，像印度現任駐美大使阿沙夫是回教徒，他的夫人便是一個印度教女子，可惜數十年來逐漸革命的道路，又給這幾年來一股逆流所阻塞了。（據說真納的夫人是同情印度教徒的拜火教徒，他的夫人在世時，他熱烈參加國民大會黨，他的夫人死了，他便轉變了方向。）

歐西的愛情與東方的愛情，有一個基本的區別，大概西方的是把讚美的對方占為己有，而東方的則是把自己奉獻給崇拜的對方。西方的愛情是占有，所以如不能達到目的，則出之以自殺（《少年維特之煩惱》），或殺卻對方（《莎樂美》），或同歸於盡（《鑄情》），而不願對方為他人所占有（《美人

與獅子》），感情十分激烈。而東方的只是給予，所以如對方不愛你，對對方依舊崇拜，對自己更覺渺小，不致損壞對方，或且努力成全對方之所愛。如對方愛你，則感激涕零，盡全力以愛護對方，或且自覺對對方之愛，是瀆犯了對方的聖潔。總之，不能越出「溫柔敦厚」的範圍。奈都夫人的「廟二十四首」，便是表現了這種東方的精神。

她詩中表現對於對方極端的崇拜，視為神聖，所以連對方的腳踩過的塵埃，也是好的。可以用來代替雪花膏一類的化妝品以擦臉（〈節日〉）；至自己的心只是供對方休息的枕帳（〈琵琶曲〉）；如熱愛對方而貪看對方的臉，撫摸對方的肉體，吻接對方的唇，則自己的眼與手及口都犯了罪（〈愛的罪愆〉）；對方對你施以虐待，卻仍覺甜蜜（〈愛的報償〉）；如對方不愛你，或愛而變心，那麼，只有以血淚洗面（〈殺戮者〉），暗自悲泣而不為人知（〈祕密〉）。

不要從你高傲而寂寞的天體下降，
我的信奉之星！
但願你照耀，堅定與晶純，
恬靜與公平；
並令我掙扎的靈魂
潔淨地超脫凡塵！——〈祈求〉

心愛的，你也許正似人們所說
　只是一盞土燈裡的
光焰如豆的閃爍火花——
我毫不介意……因你照亮我的黑暗
如同白晝的無限光華。——〈愛的感覺〉

我將怎樣來給你保衛？
我自己的至誠愛你也是瀆犯；
哦，我要拯救你躲過
我自己的心之欲望的劫掠之火！——〈愛的恐怖〉

對方在天上，自己在凡塵，誠有天淵之別，即使對方只是一盞土燈，也如同白晝的光華，必須盡力保衛對方，並警戒自己不可有劫掠對方之心，愛的純潔，至矣盡矣！這裡我再舉出〈愛的崇拜〉一首，作為奈都夫人情詩的代表作。

捏瘡我，哦，愛，在你光煥的手指間，

像一片脆弱的檸檬葉或羅勒花，
直到為你而生存或延命的我化為零，
只剩記憶的芳香之幽靈，
讓每一次吹拂的晚風
因我的死而變得格外清芬！

焚化我，哦，愛，像在熾熱的香爐中的
檀香木之美質為虔敬而毀滅，
讓我的靈魂銷毀為烏有，
只留一股深表我崇拜的濃烈香氣，
於是每朝晨星會保持這氣息
因我的死而讚美你！——〈愛的崇拜〉

印度利他主義的犧牲哲學，自釋迦以來直到聖雄甘地，有一個一貫線索的極則，那便是甘地自傳的最後一句，「把自己化為零」，唯其把自己化為零，禁絕了一切的私慾，才能本大慈大悲之心，以大無畏精神，來超度眾生，在甘地名之曰「化為零」，在釋迦則名之曰「涅槃」，奈都夫人的戀愛哲學亦復如是，要把「為你而生存或延命的我化為零」，我之生存或延命，本為了你，猶之鮮花與檀香原為敬神而設，現在把檀香在香爐中點燃，使化為零，只留一股香氣，則檀香本身雖銷毀，而其敬神的作用則已做到了，檀香的責任盡了，所以既愛對方，則將整個身心獻給對方，受盡磨折而死，所以盡崇拜對方之責也；這一譬喻，貼切而新鮮，非奈都夫人之大才，曷克有此，僅這傑作一首，即不愧為一代大詩人了。

在她的詩集，另有一首〈波斯戀歌〉，大約自波斯文譯出，其結句為：「除非這是，我就是你，我愛，或者，你就是我！」這與我國管夫人詞的「你中有我，我中有你」，恰相符合，不知兩者之間，有無模仿的關係，抑是天地間之至情，自會有相同之流露呢？

糜文開

一九四八年二月五日草於新德里

女詩人之死

聽到女詩人逝世的噩耗，很覺驚異，因為她上月中旬剛在新德里的歡樂空氣中過了七十歲的壽辰回去，還不到兩星期，怎麼一下子會病死了呢？但是印度政府已停止辦公，並懸掛半旗，當然死了要人。接著消息證實了，廣播中已有報告。因為她是印度中印學會的會長，與羅大使又是親密的文字之交，下午二時，羅大使便匆促地乘專機赴勒克瑙送喪去了。

傍晚展讀夜報，女詩人逝世的黑邊新聞，占據封面的全頁，除卻廣告，也全是她的傳記照片和詩文。因為查不出她三本詩集正確的出版年分，去年我訪問她時，特地向她查問。當時她便轉問她的侍從，要知道她子女的年紀，以便推算出版年分，結果推算不出，她沉思半晌，便幽默地做著怪臉說：「對不起，連我自己也記不清了，如果有人要把這些詩占為己有，在法官前，我也提不出證據來說這是我寫的了。」現在我在傳記中，卻得到了正確的年代，那便是《金閾》一九〇五年，《時之鳥》一九一二年，《折翼》一九一七年。

第二天——三月三日——各報用第一條新聞報導女詩人的葬禮，並都做社論哀悼她。

七十歲的奈都夫人二月中旬在新德里時，因為額頭在汽車上碰了一下暈倒在地。十七日回到勒克瑙省政府，便病倒了，氣喘頭痛，血壓高升，她原已答應參加阿拉哈巴城尼赫魯夫人醫院分院的開幕典禮，醫囑謝絕一切酬酢，所以只派她的女兒帕德瑪伽前往。她的臥室已不准探病人入內，醫生守候在鄰室依時診視，只有看護一人隨侍在側，三月一日晚上十時四十分，她要求看護給她唱幾支歌。她說：「我很抱歉，我給你麻煩，不要讓任何人來談話或碰我。」看護唱著歌，她便在歌聲中漸漸入睡了。看護也自去休息，午夜十二時前，醫生進去打了一針安眠針，到三月二日晨二時三刻醫生聽見她很痛苦的咳嗽聲音，等到醫生起身入室探視，她已經氣絕了。

女詩人於她的〈詩人給死神〉一詩中說，要等她滿足了愛與悲，歌與哭，將人類的渴望都嘗遍才可死去，現在，她的戀愛曾轟動過全印，她的詩歌已傳遍全球。她熱烈的演說喚醒了印度的國魂，她聖潔的眼淚洗淨了罪孽的人心，她曾跋涉於食鹽長征的道中，她曾周旋於國際會議的席間，她曾辱罵男子的墮落於國大黨的主席臺上，她曾主持過民事反抗運動於危急之秋，她曾幽囚於鐵窗之內，她曾高據於權威的寶座之上，她曾俯身撫愛祖國的子民，她曾發揚世界的文化，她曾抨擊傳統的惡習，……現在，她已圓滿了她「國家需要的服務」，她已遍嘗了人類的一切渴望，她已在歌聲中長眠。

聯合省省長逝世的消息公布出來，全省休假一天，立刻懸掛半旗。在阿拉哈巴城主持開幕典禮的印度總督羅伽古巴拉查里 (C. Rajagopalachali) 首相尼赫魯及貴賓蒙巴頓夫人等聞訊於九時半趕到。第一個走進省政府的是尼赫魯的女兒印地蘭 (Indira) 和她的丈夫費魯慈・甘地 (Froze Gandhi)，當女詩人的女兒帕德瑪伽進房時，不禁撲倒在母親的屍體上。女詩人在德里度過她七十壽辰時，她的丈夫和她的弟妹、她的子女都歡聚一處，當她彌留時卻無一人在旁，這時她的僅存的長子伽雅蘇雅 (Jaya Suya) 和她的弟妹等都趕來，她的丈夫奈都・郭文達拉朱魯 (Dr. M. G. Govinda Rajulu Naidu) 卻因足疾不能來，他從海德拉巴打電話給他的女兒帕德瑪伽時，聲音哽咽，他女兒安慰他說：「你當心自己吧，父親！」

遺體從省府樓上移置到樓下廊裡來，瞻仰遺容的列隊魚貫而過，共達一萬餘人，瞻仰者帶來的鮮花，堆滿遺體的四周。

葬禮由印督主持，出殯的行列自上午四時十分從省政府出發，她的女兒和省府總理潘德 (Pandit Pant) 等坐在靈車的前面，她的兒子和印度首相尼赫魯站在靈車的後面，聯合省的議員、公務員、軍警以及來賓都在靈車前後步行前進，長達一英里許。五時三十分到達古牟鐵河 (River Gomti) 河岸的火葬場，到場民眾達七萬人之多。

當伽雅蘇雅點燃著火葬的柴堆後，印督羅伽古巴拉查里帶著他吠檀多哲學的色彩致詞：「奈都・莎綠琴尼不息的靈魂現在已得到了永恆的休息。她遺留下來的物質，只是平凡的水、土與空氣，我們大家來把她焚化，歸還原形。從不可稽考的年代，大家已經在追究生與死的奧祕，但至今仍未得到圓滿的解答。讓我們不要辜負她和其他過世的偉人，讓我們心地放寬，頭腦勿狹窄。這便是莎綠琴尼灌注在我們國家裡的，讓她的意志繼續下去！讓她的靈魂保佑我們！」

這一天，駐印各使節紛致誄詞。中國大使羅家倫氏云：「詩人政治家奈都・莎綠琴尼的突然逝世，使我心悲。這樣重大的損失，不僅是印度不可挽回的損失。在印度，她常被稱且將永遠被稱為印度獨立之祖母，在整個世界她是人類史上的偉大女領袖。她的和善的心地，磁性的人格，安慰的精神，迅速的機智，不竭的靈感，在政治、詩歌，或其他方面，她對於人類繼續是一座智慧與幸福的山。」

英國高級專員奈氏 (Sir Archibald Nye) 云：「她的不及時的突然的逝世，在知道她擔任省長的才能與有私人友誼的人，是一個打擊，至深哀悼。」

美國大使亨徒生 (Mr. Loy W. Henderson) 云：「她是一個卓越的人物，具有清明的眼光，熱烈的心腸，自我表現的天賦，與領袖的德性。不只鼓舞她本國的人民，而且也鼓舞著美國與其他國家的人民。」

同日，印度政府半旗休假，發出了哀悼的公報，西孟、孟買、馬德拉斯等省，海德拉巴等土邦，均休假下半旗，比哈爾中央等省議會均靜默致哀，前國大黨主席普魯薩德在悲呼印度失掉了慈母，首相尼赫魯、副首相巴泰爾都特地作一次哀悼的廣播。

尼赫魯說：「現在這最親愛與最光輝的一人逝去了。我覺得我心的淒涼，做了精神上的寡婦。她是一個愛國者，一個偉大的國際人物。我們的歷史與世界歷史都要說到她。她是夢的夢者，歌的歌者，一個偉大動機的十字軍，她永遠充滿著生命。五十年來，她過著一個充實而有力的生活，她碰到什麼，都能使其高尚。她是多種文化的表徵。我記得她是一個同志，一個充滿快樂與歡笑的靈魂，因此她永遠不死。今天的我，一部分是受莎綠琴尼長者的感召。當三十三年前在國民大會的講臺上，我聽到她的演說，我深受感動，此後我不論何時聽到她的演說，沒有不被感動的。」尼赫魯第一次聽到奈都夫人的演說，是在一九一五年年底勒克瑙大會上。

巴泰爾說：「聽到莎綠琴尼的逝世，我很悲傷。我們雖知道她身體不舒服，但是我們從未想到她死得這樣快。這是難於自處的，當失卻這樣的熟人。她泛溢著飽滿的精神，充盈著生命與歡笑。她在任何廣眾之中，有如眾燭之驟舉，她所到之處，光明而燦爛。她人格的感化，與言語的魔力，使熟諳這『印度夜鶯』的千萬人民來親愛她。她把像詩句般汩汩而來的思想織成花紋，那花紋中常有不可模仿的詩歌與藝術的標記。她的演說，像美麗的東西，永遠是歡快，但是可惜，我們要懷念她銀樣的聲音，表情的眼睛，和有意思的手勢，這些都增加她言語的感染性。」

「她跨上舞臺像一個女英雄，她信仰印度的命運和甘地給印度的神奇武器之最後成功，從不動搖。我們沒有一人能忘記她的熱心、活力與才幹的展示，當她在一九二五年登上國大黨的寶座。長時期，她是甘地的侍從者。在甘地死後十三個月的短時間內，我們又失去了一個寶貴的節環。」

在印度境外，倫敦等地也都有哀悼女詩人的舉動，各報也有紀念她的文字。

女詩人逝世的翌晨，尼赫魯回到新德里，在國會全體肅立靜默致哀後，尼赫魯發表演說，讚美奈都夫人「整個的一生是一首詩、一支歌。她灌注藝術與詩歌在國家的奮鬥中，正如國父甘地的灌注道德的宏巍與偉大」、「她的本身是各種流傳的文化之集成品，不論是東方的與西方的」。所以她不僅是一個「成功的省長」，而且她是「一個理想的大使，一個東方與西方及印度的不同黨派與團體間的理想聯繫」。

中午，羅大使從勒克瑙回來，他告訴我，奈都夫人在我們使館的祝壽會，非但是我們同她最後一次的聚會，也是她自己家庭最後一次的大團聚，她和她丈夫是二月十五日離開德里時分手的。而且祝壽那天她和我們一起拍的照，也正是她最後一次的攝影。羅大使在勒克瑙的葬禮中，很多人都向他索取這女詩人最後一次攝影來留作紀念呢。

此時女詩人的聲音笑貌，都映現在我腦海，在泛亞洲會議主席臺上她演說的宏音與雄姿，在使館酒會中她談笑風生的場合，在總督府我訪問她時的閒雅與幽默，和一同攝影時的和藹而尊嚴，那天清晨早餐後於五分鐘內給我寫中譯《奈都夫人詩全集》序文時匆忙的樣子，以及祝壽會後對榴麗溫言垂詢的慈祥，這一切，猶如昨日的事。而現在，女詩人的骨灰收集起來，分送到海德拉巴、加爾各答等地去水葬以後，絲毫物質也不遺留在人世了，豈非一切皆空，一切都成了夢痕！然而，不，女詩人卻仍舊是存在，你不見她精神的波浪，永遠在推動著印度人前進，她文化的遺留，永遠像晨星般在放光！

糜文開

一九四九年三月十日

奈都夫人詩全集

金閾集 *The Golden Threshold*

第一輯　民歌十二首

時之鳥 *The Bird of Time*

第一輯 愛與死之歌十二首

第二輯　春之歌十首

第三輯　印度民歌九首

第四輯　生命之歌十六首

折翼集 The Broken Wing

第一輯　生與死之歌二十四首

第四輯　廟二十四首

I 愉快之門　*The Gate of Delight*

金閾集 The Golden Threshold

第一輯　民歌十二首

抬轎[1]人

輕輕地，嗬，輕輕地，我們抬她前去，
她像一朵花兒在我們歌聲的微風中飄蕩；
她像一隻鳥兒在溪水的泡沫邊滑翔，
她像夢的嘴唇邊露出的笑容在蕩漾，
心花兒放，嗬，心花兒放，我們滑翔，我們歌唱，
我們抬她前去，像一顆珍珠搖曳在線兒上。

軟軟地，嗬，軟軟地，我們抬她前去，
她懸在我們歌聲的露珠裡，像一顆明星在發亮，
她像一道光痕在潮頭跳蕩，
她像一顆圓圓的淚珠滴下，從新嫁娘的眼眶，

輕輕地，啲，輕輕地，我們滑翔，我們歌唱，
我們抬她前去，像一顆珍珠搖曳在線兒上。

譯者註：

❶指Palanquin，印度等東方式之有頂轎子，用四人或六人抬。

流浪歌者

（用其原有曲詞之一種）

那裡有風的聲音呼喚我們流浪的腳，
走過那有回聲的樹林，有回聲的街，
抱著琵琶兀自的唱，我們漫遊，
人人是我們的親戚，處處是我們的家。

我們的歌曲是失去光彩的古都，
是前朝女人的笑聲和美姿；
是古代戰爭的劍，古代帝皇的冕，
和悲歡離合簡單的故事。

什麼希望我們要採集，什麼夢我們要播種？
那裡，風叫喚我們流浪的腳步，我們便去。
沒有情感使我們滯留，沒有快樂使我們停頓：
風的呼聲就是我們命運的呼聲。

印度織工

織工們，織造在清晨，
你們織造的衣裳[1]怎地這樣鮮明？……
藍得像一隻野翠鳥的翼毛，
我們織造一個新生嬰兒的襁褓。

織工們，織造在晚上，
你們織造的衣裳怎地這樣光亮？……
紫與綠，像一隻孔雀的尾巴，
我們織造一個皇后的結婚面紗。

織工們，莊嚴而安靜地織造著，
在寒冷的月光裡，你們織些什麼？……
潔白像鵝毛，潔白像雲翳，
我們織造一個死人出殯的葬衣。

譯者註：

❶印度人男穿「度底」，女穿「紗麗」，均為整塊之布，故但須紡織，不須剪裁與縫製。

科羅曼德❶的漁夫

起來，兄弟們，起來，蒼天醒來向晨光禱告，
像嬰兒整夜哭喊的風已睡著在黎明的懷抱，
來啊，讓我們從海岸上聚集我們的網，放出我們的自由漁艇，
去擒捉在潮頭跳躍的財富，因為我們是大海之子孫。

勿再遲延，讓我們趕快跨上海鷗啼過的行程，
海是我們的母親，雲是我們的兄弟，浪是我們的友人。
當日落時，即使我們還在飄蕩，在海神的驅使之下，又有什麼關係？
他的手握住那風暴的長髮，我們的生命可隱蔽在他的懷抱裡。

芬芳是椰樹坪的蔭影和檬果林的氣息，
芬芳是滿月籠罩的沙灘所發悅耳的音節。
但是更芬芳的，哦，兄弟們，卻是那四散的浪花在接吻，和狂歌的白沫在舞蹈，
划啊，兄弟們，划向那綠的一痕，那裡大海和低天正在擁抱。

譯者註：

❶印度半島東方海岸屬於馬德拉斯 (Madras) 省者名科羅曼德海岸 (Coromandel Coast)，西方海岸屬於孟買 (Mumbai) 省者名馬拉巴海岸 (Malabar Coast)。

迷蛇曲❶

在我魔笛的叫喚下，你將躲向何處？
被罩住在月光織成的香味網，
那裡有一叢蔻拉❷香看守著瞌睡的松鼠，
那裡有茉莉花在深樹裡閃發出淡白的光，你在何處躲藏？

哦，可愛的，我將餵你牛奶和野紅蜜，
我將帶你在燈心草編的筐中，綠和白相間，
到宮殿去，那裡穿著金縷衣的少女們正把笑聲伴著針線，
在穿結悅人的花瓣。

你在水聲淙淙的洞穴邊，何處逍遙？
那裡有夾竹桃散布著紅得像神祕的火光。
來啊，你，我用蜜語求愛的妙人兒新娘，
來啊，你，像銀護的胸膛，是我願望裡的月光。

譯者註：

❶印度弄蛇者吹其魔笛，蛇即昂首舞動，沉醉於音樂聲中，印度街頭常有弄蛇者表演蛇舞以斂錢。奈都夫人此作，即模擬魔笛音調寫魔笛中所傾吐的媚蛇之語。

❷寇拉，Keora，香草名。

磨穀調❶

喂，小鼠，你為什麼號叫？
當那邊天上快活的星星在笑。

哎喲！哎喲！我的丈夫死了！
唉，誰將輕減我的苦痛？

他出去尋找一粒糧，
走進富農的穀倉；
他們捕捉他用引餌的陷阱，
不料竟殺掉了我的愛人……
哎喲！哎喲！我的丈夫死了。

喂，小鹿，你為什麼啜泣？
獨自躲在你林中的窟穴。

哎喲！哎喲！我的丈夫死了！
唉！誰將靜止我的悲慟？
天幕落下時他去到外面，
去飲水在河邊；
一個伺伏著的獵人擲出了他的標槍，
射中我愛人貫穿了他的心房。
哎喲！哎喲！我的丈夫死了……

喂，小新娘，妳為什麼落淚？
這時候快活的世界在安睡。

哎喲！哎喲！我的丈夫死了！
唉！誰將停止這些飢餓的淚，
或者平靜了這饑饉年代的恐慌，
再把愛情加冕於我的新床？
那不滅的火燃著我愛人葬禮的柴堆，

也把我的靈魂燒毀……

哎喲！哎喲！我的丈夫死了。

譯者註：

❶藝術起源於勞動，原始之舞蹈，乃勞動動作之複演，原始之詩歌，乃勞動者們協同之呼聲，如「打夯」之呼聲是也。有其調，不必有其詞，中國農村之〈牽礱歌〉，其歌詞與牽礱無關，其有歌之初，僅藉以協調動作耳。此〈磨穀調〉，正與中國〈牽礱歌〉相仿，曲調固定，而歌詞可隨時變動，且猶存問答對唱之格。

村歌

蜜糖，孩子，蜜糖，孩子，妳到哪裡去？
妳將拋棄妳珍珠於風中嗎？
妳將離開妳把金穀餵大妳的母親？
妳將使騎馬來和妳結婚的愛人❶悲鳴？

我的母親，我正走向荒野林地，
那裡「香伯❷」枝上「香伯」花蕾放瓣；
走向「可愛兒❸」出沒的河洲，那裡閃耀著蓮花百合，
哦，妳聽，眾仙的聲音在向我呼喊！

蜜糖，孩子，蜜糖，孩子，人世充滿樂趣，
結婚歌，搖籃曲，還有閒暇的芬芳。
妳的婚服已在縫製，銀白與橙黃發光，
妳的婚糕已在焙煮，哦，妳到哪裡去？

結婚歌和搖籃曲中有憂傷的音韻，
今天太陽笑，明朝死風吹，
最甜蜜的聲音是那林溪的懸瀑，森林的樂聲，
哦，我的母親，我不能留居，眾仙在呼喊。

譯者註：

❶印度風俗男女婚娶儀式中，新郎應騎馬去女家，候於門，新娘出，以花環懸新郎項間，以示由己意選定對方為配偶。此俗是模擬西元一一九一年德里王普萊鐵維騎馬伺曲女城宮門外獲公主薩姆瑜克妲為新娘的故事，尚留古代選婿大會遺意。德里王與薩姆瑜克妲事，詳拙著《印度歷史故事》。據此，則詩中答唱者為一女孩。她拋棄珍飾，出離塵世，去追求仙境，不願結婚與生育，故答以「結婚歌和搖籃曲中有憂傷的音韻」也。

❷香伯，Champa，印度樹名。春日開花，花色金黃，甚香。

❸可愛兒，Koil，印度鳥名，或作Koel。

鳳仙頌

一隻「苦口鳥❶」從鳳仙花❷枝中叫道：
「來啦！來哩！來啦！來哩！」
趕快，小姑娘，趕快去，
去採摘那鳳仙的葉子。
把妳們的瓶子浮在潮水上，
採葉在曙光未老的片刻，
把它們研搾在琥珀色與金色的盞中，
鮮明的鳳仙花的綠葉。

一隻「苦口鳥」從鳳仙花枝中叫道：
「來啦！來哩！來啦！來哩！」
趕快，小姑娘，趕快去，
去採摘那鳳仙的花瓣。
「鐵卡❸」紅敷在新娘的眉心，

檳榔紅抹上甜蜜的芳唇；
可是，塗在蓮花似的手指和腳指，
紅紅的，這是紅紅的鳳仙花。

譯者註：
❶苦口鳥，Kokila，印度鳥名，「來啦！來哩！」為其鳴聲，或即杜鵑與布穀等之一類。
❷鳳仙花，一名指甲花，因其花汁可塗染指甲之故。
❸鐵卡，Tilka，印度製額紅之植物。

收穫讚歌

（男聲合唱）

蓮花之主，收穫之主，
光明與博施的晨之主！
你厚賜我們播種的壯苗，
你厚賜我們穀粒的肥碩。
我們給你我們的歌與花環作貢品，
我們田地的黃金，我們果園的黃金；
哦，燦爛熟光的給與者，我們向你致敬，
哦，蘇雅❶，我們讚美你用鐃鈸與笛。

虹霓之主，收穫之主，
偉大與仁慈的大海之主！
你的撫愛懷抱我們的農作，
你的撫愛滋養我們的五穀。

我們給你我們的感謝與花環作貢品，
我們新貯藏的河谷之成熟財物；
哦，兩點露珠的贈送者，我們向你致敬，
哦，伐羅那❷，我們讚美你用簫與鐃鈸。

（女聲合唱）

瓠花之后，收穫之后，
甜蜜的萬能母親，哦，大地！
妳的豐滿的胸脯餵飼我們，
妳的肚子，我們的財物誕生。
我們給妳我們的愛與花環作貢品，
我們帶來妳賞賜我們的優美禮物；
哦，我們種種歡快的源泉，我們向妳致敬，
哦，普萊鐵維❸，我們讚美妳用鼓與鐃鈸。

（全體合唱）

宇宙之主，我們造化之主，
永生的父親，不可名狀的「全知全能」！
你是我們收穫的種子與鐮刀，
你是我們的手，我們的家，我們的心。
我們給你的貢品是我們的生命與勤勞，
賜給我們你的關注，你的援助，你的勸告。
哦，全福全壽的生命，我們向你致敬，
哦，婆羅摩❹，我們讚美你用鐃鈸和祈禱。

譯者註：

❶蘇雅，Surya，為印度教太陽神。
❷伐羅那，Varuna，為蒼空之神。
❸普萊鐵維，Prithvi，為陸地之神。
❹婆羅摩，Brahma，為創造神，舊譯梵天，或大梵天王。

印度戀歌

（她）

像一條蛇游向笛聲的呼喚，
我的心滑入你的掌中，哦，我愛！
那裡野風像愛人般倚在
他的茉莉花園與「雪律莎❶」亭；
五色果實熟透的枝頭，
光彩的鸚鵡群像朱紅的花朵。

（他）

像玫瑰花瓣中含著香水，
隱藏妳心在我懷，哦，我愛！
像一個花環，像一顆珍珠，像一隻斑鳩
懸巢在「無憂樹❷」叢。
哦，愛啊，靜靜地躺著直到清晨播種

她的金色帳幕在象牙田中。

譯者註：

❶雪律莎，印度花草名，花白色，有香。

❷無憂樹，Asoka-Tree。印度孔雀王朝 Asoka，舊譯阿育王，唐玄奘以 Asoka 意為無憂，改譯為無憂王。本此 Asoka-Tree 譯「無憂樹」。印度無憂樹有二種，其一矮小，為藥材，其一高大，樹蔭如傘蓋，植於道旁，行人憩息樹下，可避烈日。

搖籃曲

從香料的小林，
經過稻田的小徑，
橫越蓮溪的一泓，
　我帶給你，
　露水閃光的，
一個小小的可愛的夢。

　小寶寶，閉上你的眼睛，
　舞過仙女似的紫丁香❶，
有那野地的飛螢；
　從那罌粟稈，
　我為你偷來了
一個小小的可愛的夢。

小眼眼，晚安，
繞著你四周的星星，
閃爍著黃金的光瑩；
用溫柔的撫愛，
我拍在你身上，
一個小小的可愛的夢。

譯者註：

❶尼姆，Neem，為印度一種楝樹，枝幹高大，葉似楊而葉緣作鋸齒形。玄奘《大唐西域記》印人「饌食既訖，嚼楊枝而為淨」，今見印人多以尼姆枝淨齒。奈都夫人此詩選入印校英文讀本，讀本上註尼姆即紫丁香，今姑從之。

烈婦[1]詞

我生命的燈，死神的嘴唇已突然把你吹熄；
你失去的星火不再復明……
愛啊，我只配住在這現前的昏黑？

我生命的樹，死神的鐵蹄已把你踏折、蹂躪及深根；
你消逝的光彩永不歸來……
當枝幹已經枯萎，花朵哪能復存？

我生命的生命，死神的酷劍已截斷我們像一個破裂的字；
我們只是一個，卻被切為二……
靈魂已經喪亡，軀殼哪能後死？

譯者註：

❶ Suttee 一字專指印度婦人之夫死後焚身殉葬者，簡譯作烈婦。考印度古代，在史詩時代無此風俗，後外族入侵時，尤其拉奇普德族之抗拒回教軍，於城破之日，男子皆戰死，女子則焚身以殉，至為壯烈，如薩姆瑜克妲即其一例。德里王陣亡前線，薩姆瑜克妲焚身城中，後人崇拜前烈，相習成風，遂使丈夫善終，妻妾亦必焚身殉死，其本人不願殉死者，社會必不齒，其家族必強迫行之，遂成吃人之禮教，至蒙古王朝阿克拜大帝，始禁止此俗。英滅印度，總督彭丁克更懸為厲禁，此不人道之風俗始得革除。奈都夫人此詩是就殉死者之立場，表達其殉死之本意者。

第二輯　樂府六首

夢之歌

有一次夜晚的夢，
我獨自佇立在魔術之林的光中，
精神深浸於幻想，幻想似罌粟般茁生；
真理的靈魂是唱歌的鳥，
愛情的靈魂是熾熱的星，
和平的靈魂是潺湲的溪
流貫那睡鄉裡的魔術之林。

獨自在那魔術之林的光中，
我感覺到愛情的靈魂之群星
聚集著閃爍著環繞我嬌美的青春，

我聽見真理的靈魂之歌聲；
為滿足我的渴望，
傍著和平靈魂的清溪，我低鞠我身，
那些清溪流貫在睡鄉裡的魔術之林。

胡馬雍❶贈左蓓達❷詩（譯自烏都文❸）

妳炫耀妳的美麗在玫瑰花叢，炫耀妳的光彩在黎明，
炫耀妳的溫柔在夜鶯聲裡，炫耀妳的白淨在天鵝之群。
醒時我見妳如在夢中，睡時我見妳美如明月，
入耳似音樂的曲調，撲鼻如麝香的氣息。
但，我愛，當我求妳一瞬慈悲的眷憐，
妳卻喘喊，「我坐在面幕之後，我不能露我容顏。」
這愚蠢的面幕豈能阻礙我渴望於達到妳的福分？
這無力的帷幃豈能隔離妳的美麗和我的熱吻？
這是什麼戰爭介乎妳與我？放棄這無謂的嬌嗔，
妳是我心中之心，我生命裡的生命。

譯者註：

❶胡馬雍，Humayun，蒙古王朝二世帝，西元一五三〇年繼承父位，為印度皇帝，即位方十

年即兵敗失國，流亡十五年，得波斯之助，始於西元一五五五年克復首都德里，翌年逝世，子阿克拜嗣位，經營五十年，印度大治，蒙古王朝政權方鞏固。歐西人士亦尊阿克拜為大帝。

❷左蓓達，事跡不詳。觀此詩左蓓達當為一印度回教女子。奈都夫人面告此詩原文為烏都文史詩是一種傳說，不必實有其事。

❸烏都文，為印度回教徒通用之文字。

秋歌　（榴麗譯）

像歡樂爬上憂鬱的心，
——那掛在雲表的落日；
野風吹成一朵雲，
那些美麗輕脆紛亂的落葉，
形成了燦爛稻叢的金色浪陣。

聽一個聲音在叫喚著
在風聲裡叫喚著我的心，
我的心疲憊，憂傷而孤寂，
它的夢已像落葉般飄去，
為什麼我該獨留在後塵？

石膏

像這石膏箱的藝術品，
脆弱似一枝肉桂花，這是我的心。
它鏤刻著優美的夢，
那是精巧而美妙的思想塑成。

這中間我珍藏著多情的記憶的
濃厚的芬芳與馥郁的混合，
像牡桂、檀香、丁香的氣味，
珍藏著我生命的歌與憂及生與愛的記憶。

樂極

遮掩我的兩眼，哦，我愛！
我的兩眼已疲於銳利的
強烈的光一般的歡樂，
哦，把接吻來緘默我的嘴唇，
我的嘴唇已疲於歌曲！

庇護我的靈魂，哦，我愛！
我的靈魂已痛得傴僂，
愛的重負，像一朵花的嬌豔，
被雨點所摧打：
哦，庇護我的靈魂，把你的臉！

給我的神仙幻想

不，我不能更久保持你
　在我靈魂之溫柔的寵愛裡，
也不像蓮葉的裹覆你
　在我髮髻的糾纏裡。
神仙幻想，飛開去，
　到白雲的荒野，
　飛開去！

不，你不能更久的留連
　靠你的光煥的笑臉，
現在我是一個穿戴思想的歌人，
　到達了生命的高處與寂境。
神仙幻想，飛開去，
　到光風織成的空間，
　飛開去！

第三輯 詩二十二首

賦贈海德拉巴❶尼山❷王殿下

（呈獻於蘭盛殿）

俯允吧，王公，接受我的貢獻，
這首詩奉呈於你的名下，
纏繞你的珠寶的王杖
繫著詩人名譽的百合花；
王杖合度的擺動之下
居住著你的法律所容許的人民，
在不同宗教的兄弟之誼，
在不同種族的和睦之情：

先知穆聖❸信仰的志願，
你是他們的元首，他們的王冠；

而他們為著神聖的信仰
把神祕的符號塗抹在額上；
還有他們，崇拜著太陽❹，
越過古波斯海而流亡；
還有他們，禮拜著他❺，
他踏過迦律里的子夜波浪❻。

你的宮廷的壯麗令我想起
巴格達❼的甜美奢華的傳奇，
「一千夜❽」的火炬
照耀著一個簡單的宴會；
「薩蔻」歌隊❾走下街去，
從你的愛的「迦士爾❿」酒杯
一個神聖的流瀉，灌注給我們
你的「蘇非⓫」酒的銷魂。

王公，你的炫光的城市在微笑，
站著幽暗的夜崗，那嚴肅的山巒，
你的古老森林貯藏著保留著
他們百年睡眠的傳說；
你的白翼和平鳥飄翔過
荒廢的城堡與歷史的平原，
你的忠實管家不眠地守衛著
你的黃金與穀物的收穫。

上帝給你歡樂，上帝給你恩寵，
庇佑真理，消滅罪過，
尊敬貞潔、勇武和才德，
懷抱忠信與培養詩歌。
這樣會使你的日子的光彩
比「費爾都西⓬」歌唱的功業更為明亮，
你的名字在國家的祈禱中，

你的音樂在國家的曲調上。

譯者註：

❶海德拉巴，在南印度德干高原上，為印度最大土邦之一。

❷尼山，為該土邦王公之尊號，現任尼山為世界巨富之一，尼山為回教徒，世襲，而治下人民多數為額上塗有身分記號之印度教徒，其他基督教徒、拜火教徒等也雜處其間。此詩是贈前任尼山，奈都夫人求學時代，曾得其獎學金。

❸穆聖，穆罕默德之簡稱，回教徒稱之為先知。

❹崇拜著太陽，是指拜火教徒，印度拜火教徒是自波斯流亡而來。

❺「禮拜著他」的「他」，指耶穌。

❻迦律里踏波而行即指耶穌故事。

❼巴格達，即《天方夜譚》中之名城，今伊拉克京都。

❽一千夜，指《天方夜譚》。

❾薩蔻，意為灑酒。薩蔻歌隊為侍酒之歌女隊。

❿迦士爾，情歌曲調名。

⓫蘇非，回教哲理之派別名，此處為酒名。

⓬費爾都西，波斯大詩人，所作〈諸王曲〉(*Shahnameh*) 為歌詠古代諸王英雄偉蹟的名作。

夜

蛇兒在罌粟叢裡瞌睡，
螢火蟲照亮無聲的豹路，
在迷亂的小徑，膽怯的羚羊走入歧途，
鸚鵡的羽毛比夕照更為光輝。
哦，靜一點！溪上蓮花的蓓蕾
擺動著像夢中的甜美少女。

一道身分標記在天宇之碧色的額上，
金色的明月燃燒得神聖虔敬而光亮，
清風在林中的廟宇裡舞蹈，
在夜的聖足邊暈倒。
別作聲！在靜寂中神祕的聲音在歌唱，
在神前他們正上香。

林中

哦，我的心，這裡讓我們燒去已死的親愛的夢❶，
這裡，在這林中讓我們構成一座葬禮的火堆，
用紅色的老葉和零落的白色花瓣，
這裡，讓我們在正午的熊熊火炬中把他們焚毀。

我們已疲憊，我們的心，讓我們休息，我們已疲憊，
我們已太久支撐這僵冷了的夢之愛的沉重負擔，
讓我們撤去那些灰燼，讓我們哀悼一會，
哦，我的心，我們將休息到西方的日影暗淡。

但我們得即刻起來，哦，我的心，我們得再去流浪，
到那世界的大戰中，到那人群的鬥爭中，
讓我們起來，哦，我的心，收拾起殘夢，
我們要用歌的悲哀來征服生命的悲哀。

譯者註：

❶印俗人死舉行火葬，並將屍灰撒入聖河，此詩引用以葬其舊夢。

過去與將來（榴麗譯）

新的已來，現在舊的引退：
所以過去變成一個山洞，
那裡，寂寞，隔離，老的隱士之記憶住著在專致的平靜中，
被那熱切的心所遺忘，
因為他在實踐新的志向中迅速地忘卻了舊有欲望。

現在靈魂睡在含糊中，
劇烈的期望和等待的苦痛，
在曚曨臥房的門檻上……
看啊！他看見他懦怯的將來獨自在顫駭，
像一個奇異的，還未知的命定新娘，
觳觫著在她神祕的結婚面幕下。

生命

孩子們，你們還沒有體會生活，
在你們，生命是一塊可愛的夢之鐘乳石，
或是一個無掛慮地作樂的狂歡節。
那狂歡節使你們的心跳得像海浪般洶湧，
在琥珀色與紫鋼玉色的熱情中。

孩子們，你們還沒有體會生活，
但你們生存到某種不可抵抗的時候，
將升起你們的心搖動到覺醒，
於是飢餓於愛的追逐和乾渴於熱中事物的欲望，
那時血紅的災難將燃燒你們的額頭。

等到你們與大悲和恐怖戰爭，
及支持那殘夢年代的搏鬥，

將被熱烈的欲望所創傷，被鬥爭所耗損，
孩子們，你們還沒有體會生活：要這才是生命。

詩人的戀歌

在午潮的時候，心安而氣壯，
哦，愛啊，我不需要你，我做的狂夢
是細縛世界在我欲望中，
是掌握清風作無聲的俘虜在我凱歌中。
我不需要你，我正得意滿懷，
請保持你靈魂的靜默，遠處在海外！

但在煢獨的子夜，
當星一樣恬靜的歡快
睡著在靜穆的山頂與無聲的海上，
哦，於是，愛啊，我的靈魂渴望你的聲音
讓你的靈魂以激昂樂調的魔力，
在海的彼岸給我應允。

給痛苦之神（榴麗譯）

我是你的殘暴寺院裡的憂怨女僧，
你羈留我已很久長，殘暴的痛苦之神！
我因勉強發誓不得不對你供奉，
我疲倦的胸被包圍於苦痛，
我的額上塗畫著永恆的疲勞。
我服役於你已很久長，經過那些苛刻年代的壓力，
悲哀的日子和沒有睡眠的夜，
履行你毫不鬆弛的典禮。

給你黑暗祭壇的，不是香油，不是米或乳汁，
你只要我的靈魂充供物：
我青春渴望的濃厚蜜汁，
和我的脂膏從破碎生命中抽出，
我的似花的夢，似珠的希望

跳躍著似黎明之光。

我沒有什麼可以給的了，我所有的都已放下，
一個牽強的貢物，在你的寺中，
讓我去吧，因我靈魂的全部已被勒索過，
我所唱的無歡的禱歌已曲終，
讓我去吧，用衰弱的四肢爬向
矇矓的陰影下，沉沒在睡眠中。

齊白恩妮莎公主❶自詡美貌之歌

（榴麗譯）

當我卸去面紗露出我兩頰，
玫瑰花為嫉妒而失色蒼白，
那劇烈的疼痛使她們刺傷了的心，
像哀哭一樣地放出她們的清芬。

有時一縷薰香的鬈髮，
鬆散在撫愛著的風裡，
那些甜蜜的風信子立即訴怨，
萎枯在甜蜜的痛楚裡。

還有當我在靜寂的樹叢邊小停，
（我是這樣的嬌美）
一群夜鶯驚醒，
逼迫她們的靈魂發出震顫的歌音。

原　註：

本詩譯自波斯文原作。

譯者註：

❶齊白恩妮莎公主，為印蒙古王朝六世帝奧蘭齊白之愛女，美而能詩，事父王至孝，終老未嫁。其波斯文詩集至今流傳。

印度舞❶

眼睛有勾魂的魅力，美感地跳動的，多麼熱情的胸，火在燃燒！
深飲著淡紫色的天宇之靜寂，那光的噴泉環繞著她們耀照；
哦，激昂與迷醉，那急促音樂的旋律，裂開星星像一個慾情的哭泣，
美麗的舞孃有嫵媚的臉，誘惑著放蕩的夜之守卒。
紅玫瑰與檀香的氣味飄散著消失在她們纏繞珠寶的髮鬘之繽紛，
她們的笑容縈迴著像魔蛇的鴉片味的罌粟唇；
她們閃光的紫衣發射火焰像震蕩空氣中的顫抖的黎明，
優美、奇妙，與緩慢是她們韻律的輕柔的腳之步武與鈴聲。

一會兒寂靜，一會兒歌唱，搖蕩著，擺動著像花枝被風吹雨打而鞠躬，
一會兒放肆地吹，她們閃爍著，一會兒她們踉蹌著，停滯著，萎靡在光煥的歌隊中；
她們佩珠的玉臂，溫柔波動的百合花似的長指，令人陶醉掉和諧的鐘點，
眼睛有勾魂的魅力，美感地跳動的，多麼熱情的胸，火焰正熊熊！

譯者註：

❶印度舞蹈之特色為其眼珠之轉動，頭與頸之牽扭，手指之花式，腳踝鈴聲之節拍。其手指與眼之呼應，手指與臂之美妙動作，象徵之表現，均須經嚴格之訓練，配以藝術之天才，方能有出神入化之演技。

我的死了的夢（榴麗譯）

最後，你是不是已經把我找到？哦，我的夢！
七個宙代❶前你死了，我把你深深地葬在雪的森林中。
你為什麼來到這裡？是誰吩咐你醒來，
來追蹤我遠出那青色浪濤的大海？

你想從我門楣上扯下這些神聖的綠葉花環？
你想從我屋檐下驚起那些白色的巢居野鴿？
你想用死了的手指的接觸來玷汙我的牧師的長袍？
你想用頹喪的悲嘆來與我佳節的情歌共織？

哦，我的夢！回到你的墳裡去，在那雪的森林底下的，
在那裡，七個宙代前一個心碎的孩子把你埋掉。
是誰吩咐你從黑暗中起來？你給我離去！
不要汙辱我心的裂縫上建造著的神廟。

譯者註：

❶ æon，為宇宙之一時代，宇指空間，宙指時間，故簡稱作宙代。

黛瑪鶯蒂給納拉於放逐中❶（斷片）

是不是你將被人世的命運所戰敗？
我的君王我的愛人，你尊貴的頭
從未在敗北的憂慮中低垂。
是不是你將被征服？你尊貴的腳
曾經踢倒無數敵人，踏破許多帝國。
皇后的丈夫，誰將不擁戴你，
磨損你的不可毀壞的威儀？
地上的光輝避卻人類的眼睛而昏矇，
地上的王國零落成記憶的夢，
但是今後你將是一個至高的權力，
眩人的部隊，富饒的疆域，
風是你的使者，
全部銀帶似的行星與太陽是你的臣下。
不論何處照射你的來臨的光彩，

黎明將給你展開她橙黃色的地毯，
落日展開她紫與紅的天幕在密集的壯麗中，
還有夜展開她天鵝絨的黑暗，
用星斗的金製成王袍，
柔似小鵠的軟毛。
我的長髮將把你額頭的兩個顳顬聯串，
像一個藍寶石的王冠，
我的接吻在你的眉心
像「雪帶❷」樂撫慰你安睡，
等待那太陽獻給你他的光之尊敬。

哦，君王，誰能爭奪你的王國？
什麼命運敢從這懷中摘去你的冕旒？
哦，神生的愛人，我的愛繫住你，
用希望的得意而銳利的火紋劍的
堅固的歡快來武裝你。

譯者註：

❶黛瑪鶯蒂與納拉故事見史詩《摩訶婆羅多》，此詩即其斷片之今譯。讀此詩可窺見三千年前印度史詩之一斑。其故事之梗概如下：納拉是尼沙達 (Nishadha) 國王，貌美有德，黛瑪鶯蒂為維達婆 (Vidarbha) 國公主，選婿大會時，因天鵝之預言，選中納拉，婚後美滿愉快，但因一天神為落選懷恨納拉，便化為人，引納拉賭博，使納拉把國家連同黛瑪鶯蒂都輸掉了，後來經過許多困苦，才得復國，夫婦團圓。

❷雪帶，Sitar，印度樂器名。

皇后的敵手❶

(一)

蔻娜兒后坐在她的象牙床上，
環繞著她有無數的財寶鋪張；
她的臥室牆上滿是鑲嵌，
瑪瑙，雲母，寶石和翡翠；

薄紗籠罩著她優美的胸，
閃耀著田鳧冠毛的色澤鮮紅；
可是她仍然凝視著菱鏡而嘆氣，
「啊！陛下，我的心沒有滿意。」

費魯慈沙❷從他的烏檀座俯身：

「是不是妳最小的渴望尚未滿足？哦，愛人！」

「要什麼，請開啟妳的櫻唇，
我的生命會用來清除妳不快樂的天庭。」

「我厭倦於我美麗的孤獨，
我厭倦這空虛的光榮與無影的幸福；」

「沒有人嫉妒，沒有人爭妍，
我的生活我的夢沒有香味沒有鹽。」

蔻娜兒后嘆息著似一朵訴怨的玫瑰花：
「給我一個敵手，哦，費魯慈沙。」

㈡

費魯慈沙面諭首相：

「聽著！不要等到明朝的天亮，」

「便派遣我的使者到海外去，
去給我訪覓七位美麗的少女；

「光煥的姿色，莊嚴的容儀，
要足堪媲美這波斯皇后，那七個女婢。」

* * * *

七個新月湧現在金星的呼喚，
費魯慈沙引進蔻娜兒后的宮苑。

那裡，一位年輕皇后看來像是晨星：「哦，蔻娜兒后，
我帶給妳妳的敵手。」

可是她仍然凝視著她的菱鏡而嘆氣：

「啊，陛下，我的心沒有滿意。」

七位宮嬪圍繞她的象牙床雪亮，
像七顆耀眼的珍珠在一縷絲線上，

像七盞御塔上的美麗燈盞，
像七瓣美人花的鮮豔花瓣。

蔻娜兒后嘆息著似一朵訴怨的玫瑰花：
「我的敵手在哪兒？哦，費魯慈沙。」

㈢

當春風吹醒了高山的流泉，
點燃了鬱金香蓓蕾的火焰，

當蜜蜂的聲音變高，白晝的時光變長，

桃林中震顫著金鶯的歌唱，
蔻娜兒后坐在她的象牙床邊，
用珠寶裝飾她雅緻的頭面；

她仍然凝視著菱鏡而嘆氣：
「啊，陛下，我的心沒有滿意。」

蔻娜兒后的女兒兩個春天的年歲，
她的藍袍鑲著金色的縫，
跑向她膝邊像一個野林的女妖，
從她的手中把菱鏡搶掉。

把她母親的珍珠鑲邊的束髮圈，
迅速地放上她自己的光亮的髮鬈；

她使出她小孩子的憨勁，
迅速地在菱鏡上按下一個敏捷而愉快的吻。

蔻娜兒后囅然而笑，笑得像一朵擺動的玫瑰花：
「我的敵手在這裡，哦，費魯慈沙。」

譯者註：

❶奈都夫人所作敘事詩，僅此一首，但即此一首，已顯見其敘事詩技巧之高超。

❷費魯慈沙，Feroz Shah，為德里回教五代之圖格拉王朝名主，西元一三五一年即位，行德政，力主古代印度文化與回教文化之調和，在位三十七年，於西元一三八八年逝世。

詩人給死神❶

哦，等一會，死神，我不能死去，
我馥郁的生命還剛芽發春臨；
我的青春美麗微響的枝葉濃密，
那裡有鳥兒在飛鳴。

哦，等一會，死神，我不能死去，
我剛在開花的希望，還未結實，
我的歡樂尚未消歇，我的歌曲尚待高唱，
我的眼淚都未流出。

哦，等一會，直到我滿足那
愛與悲，大地與變幻的天宇；
直到我對人類的渴望都嘗遍，
哦，死神，我不能死去！

譯者註：

❶《百段梵書》云：「作一切之業，滿一切之願望，嗅一切之香，嘗一切之味，包容一切，寂滅而無憂，此我心內之我也，即是梵也。」此詩頗合詩人身分，但其思想實導源於印度古代哲學，參看以後〈靈魂的祈禱〉等詩當更明白。

印度吉卜賽❶（榴麗譯）

蘊藏著過去顏色的光耀痕跡，
穿著破舊袍子繡花及膝，
看她啊，一個流浪民族的女兒，
是不馴服的，有著鷙鷹的雅緻和敏捷，
以及斑虎的威風煊赫。

用儉約的才能照料她簡單的生活，
在寂寞的草原上當日光正消失，
她把褐色的牝犢和綿羊驅入欄中，
她在夜幕迅速降落上牧群之前，
像一隻黑豹來自睡眠的山洞。

「時間」的河在起泡沫的世紀中旋縈，
它的曲折的、急速的、不更改的行程，

到那遙遠的無窮之大海；
她與原始的祕密是雙胞胎，
生命飲喝在「時間」的忘泉。

譯者註：

❶據近人考證，流浪歐洲各國之吉卜賽人是印度民族，今印度尚有吉卜賽人留存。

給我的孩子們

伽雅蘇雅❶四足歲

勝利的金色太陽，
誕生在我生命的無雲之清晨，
在我閃耀的愛之天空，
願你成長的光榮，
會證實你是我神聖之神供，
貢獻於我的藝術，我的祖國……
勝利的太陽，
願你成為詩歌的太陽，自由的太陽。

帕德瑪伽❷三足歲

蓮花姑娘，
妳說妳有名字的一切芳香，
這是幸運之后蘭克喜彌❸保護妳，

她像妳一樣是蓮花所生，
她送妳愛的芳月來賜福妳，
溫和的歡快之風來撫愛妳……
蓮花姑娘，
願妳成為全美極樂的芳香。

蘭納地拉❹兩足歲

小小的戰神，
祝賀你堅固的盔甲常新！
學習征服，學習鬥爭，
於真理的最前鋒，
像伐爾密寇❺筆下的肝膽英雄，
像紅寶石鑲在史詩的黃金中……
戰爭之主，
願你成為愛與武俠之主。

麗蘭瑪尼❻一足歲

透明的悅人之珠，
保護妳的母親
抱妳離開那溫柔的夜，
跳躍與閃耀，舞蹈與照射，
欣喜地，穩固地，
戴上愛的魔術的小冕，
活的珠寶，
願妳成為笑的聯繫和憂的豁免。

譯者註：

❶伽雅蘇雅，Jaya Surya，男孩名，伽雅之意為勝利，蘇雅為太陽神。
❷帕德瑪伽，Padmaja，女孩名，意為蓮花所生。
❸蘭克喜彌，Lakshmi，幸運女神，即財神，舊譯吉祥天。
❹蘭納地拉，Ranadheera，男孩名，意為義俠武士。

❺伐爾密寇，Valmiki，史詩《羅摩耶那》*(Ramayana)*之作者，詩中英雄為羅摩及其弟拉克希曼那等，詳拙著《印度歷史故事》。

❻麗蘭瑪尼，Lilamani，女孩名，意為活珠。

帕闥吟❶ （榴麗譯）

她的生命是一個疲倦和退隱了的
安樂的小圈夢境；
她的腰帶和髮帶在閃光，
像在日落之海上的變幻火光；
她的衣服像清晨的霧，
射出蛋白金黃和紫水晶色。

避免那汙濁的眼中的盜竊之光，
避免那貪婪的陽光或風的撫愛，
她的日子是戒備的穩固的
在她鏤刻花紋的百葉窗裡，
像包頭巾裡的珠寶，
像愛人胸中的祕密。

但縱使沒有許可的手
敢除去她美麗的神祕之面幕，
「時間」會突然將她取去，
「悲哀」將透視她的面部……
誰能駐留那易逝的青春，
或庇護女人的眼睛不使流淚？

譯者註：

❶ Pardah 之意為面幕，Pardah Nashin 意為生活在面幕中之女子，可譯作帕闥制或深閨制。印度風俗女子不能出閨門，在人前必罩面罩，長年封閉於帕罩與閨闥之內，度其枯燥之隔離生活，無異獄囚。奈都夫人此詩用深刻的筆調詠帕闥制下的婦女之哀怨，為不可多得之傑作。

別青春

哦，青春，甜蜜的伴侶青春，你將去了嗎？
我們同居已久。你與我，
一同陶醉於許多個異邦的朝霞，
一同採摘鮮果於許多個異邦的天蓋下。

唉！易變有朋友，昨日的夢
我還朝向久長的不模糊的狂喜，
因為你將不再留居，今後的夢
難道我只能回想瞬逝的歡樂，回想著你？

我奉還你虛偽的短暫誓盟；
但是，哦，可愛的伴侶，現在我們要分離，
請在我哀傷的眼瞼和額上接吻，
我仍保持著你的塑像在我的心底。

海德拉巴城❶之暮色

看斑斕的天怎樣燃燒得像一隻鴿子的頭頸，
鑲嵌著蛋白石與橄欖石的餘燼。

看白色的河流波光瀲灩，
彎曲著像一隻長牙伸展在城門的嘴邊。

請聽，那小塔上回教僧的呼喚，
飄颺著像一面戰旗插上城垣。

從櫛比的洋臺閃耀著衰弱而光亮的面容，
籠罩在無邊的壯麗中。

蹣跚的象隊從容地繞過曲折的市井，
搖蕩著牠們繫在銀鏈上的銀鈴。

環繞那高高的卡塔❷，快樂的人馬的喧聲，
混和著鐃鈸與夜樂的音韻。
經過那城河的橋，尊嚴的夜到來，
扛抬著像一個皇后去赴盛大的宴會。

譯者註：
❶海德拉巴城，為南印回教土邦海德拉巴的京城。此詩描寫印度風光，令人神往。
❷卡塔，Charminar，為該城之塔名。

市聲

當黎明的第一響鐃鈸敲上天蓋，
驚醒著世界開始勞動的各種叫喊，
去放牧羊群，去收拾成熟的穀物，
用熱心的辛勞去博取一些小小的獲得，
枵腹的人們用急促的步子向前去，
「買麵包，買麵包」的聲音迴響下匆忙的街去。

當中午的強烈照射，
使大地顛躓，使河水發暈，
在模糊的蔭影中可愛兒停息牠們的歌聲，
無力而乾渴的血液在疲乏的喉頭，
從酷熱中懇求液體的救濟品，
「買水果，買水果」的聲音潛行下氣喘的街去。

當暮色閃爍在愉悅的市場，
驟然展開出嵌星的天幕一張，
那時琵琶被彈奏，芬香的火炬點燃在白色屋頂的露臺，
那裡情侶們並坐著同飲那生命的濃蜜，
「買花，買花」的聲音漂浮下歌唱的街去。

給印度

哦，經過了妳記不清的漫長年代，妳還是年輕！
起來，母親❶，起來，從妳頹喪中更生，
像一個新娘高配著天體，
從不老的胎房，新的光輝臨盆！

桎梏著的國度在黑暗中哀鳴，
渴望妳引導他們趨向偉大的黎明……
母親，哦，母親，妳緣何酣睡？
起來，回答，為了妳的一群小孩！

「將來」用種種的聲音在叫妳，
去獲得美譽，光輝，和偉大的勝利；
醒來啊，哦，睡著的母親，戴上皇冠，
妳原是至尊無上的「過去」女皇帝。

譯者註：

❶印人對祖國稱母親，見尼赫魯〈給女兒的信〉：「在梵語或印度語，我們稱我們的國家為母親或母國。」

果爾孔達❶之王陵

我沉默在這些靜寂的廟宇，
那廣大的黑暗守衛著你們的遺骸；
環繞我展開著古老的原野，
保留著你們古代戰爭的殘跡。
我佇立，我入夢的靈魂諦聽，
透過風的呼嘯的潮音，
有你們后妃們的笑聲。

哦，帝王們，時間的嘲笑，
希望把你們的名字湮沒也是無效，
那裡山峰所戴的一頂冠冕，
正是你們的傾圮了的巍峨城堡。
雖然幾世紀的侵蝕與荒頹，
你們的已證明的古城得確保

你們皇統的具體記憶，
你們皇位的有根據的傳奇。

哦，后妃們，徒然老的命運之神命令
妳們似花的玉體進入墓塋，
死神確實會將妳們的
不滅之花的種子賦與生命。

每一個新生的年頭婆兒婆兒❷會唱她們的
關於你們再生的愛之歌；
你們的美麗與春同醒，
去點燃那些榴花樹林。

譯者註：

❶果爾孔達，Golconda，以產鑽石聞名於世。十六世紀時為南印度之一回教小王國，在今海

德拉巴土邦首府之附近。十四、五世紀時，德干高原建有一大國名巴馬尼(Bahmani)，至十五世紀末分裂為數小國。果爾孔達與別闍坡(Bijapur)在南，俾拉爾(Berar)與亞梅特納迦(Ahmednagar)在北，蒙古王朝統一北印度，此數回教小國即與之抗衡，雖以阿克拜大帝之聲威，莫奈之何。沙賈汗時，果爾孔達曾為蒙古王朝之朝貢國，後又宣告獨立。西元一六八七年，奧蘭齊白派常勝將軍費羅士揚進軍滅之，占有其地。西元一七〇七年奧蘭齊白崩，費羅士揚之子魁羅亭汗(Qamruddin Khan)大闢疆土，於西元一七一三年脫離蒙古王朝，這就是現在海德拉巴土邦的始祖，海邦現任王公奧斯曼(Osman)即魁羅亭汗之七世孫。今海邦首府雖另建城市，唯果爾孔達之古堡尚殘存，海邦歷代王公亦大多葬此，稱王陵，王陵共有王公及后妃之墳二十六座，寢宮均是石質圓頂，鏤刻花紋，工程頗偉大。

❷婆兒婆兒，Bulbul，印度一種鶯的名稱。

蓮座上的如來佛

世尊如來，在你的蓮座之上，
你有著祈禱的眼和得意的手掌❶，
什麼是你的不易的究極的
不可思議的喜悅？
什麼是你的特具的寧靜？
既非我們所能領悟，又非俗眾所能獲得。

變化的風永遠吹著，
吹過我們喧擾的路途，
明日的未生悲哀
廢除了我們昨日的殷憂。
舊夢降服於新夢，新的鬥爭緊接著舊的鬥爭，
「死」解散了「生」的網羅。

我們只有苦痛和熱烈，
是破碎的自私的驕矜，
是失敗的奮鬥的教訓，
是遲誤的開花，不結的果實；
但我們沒有寧靜，那是無上，
世尊如來，在你的蓮座之上。

我們用無效的手強求
我們的不能達到的願望，
用下沉的信心和疲倦的腳
去攀登神聖的峰頂；
但是無物會克服或統制
我們靈魂的向天之饑饉。

到終結，難解與遙遠，
仍用招手的上升誘導我們，

全部我們塵世的時光
只是萬世無疆的一剎那。
我們怎樣會到達偉大未知的
你的蓮座的涅槃？

譯者註：

❶得意的手掌，釋迦塑像之右手或作平舉說教之姿，或作下垂露掌之態。玄奘《大唐西域記》：「佛像垂右手者，昔如來之將證佛果，天魔來嬈，地神告至。其一先出助神降魔，如來告曰：『汝勿憂怖，吾以忍力，降彼必矣！』魔王曰：『誰為明證？』如來乃垂手指地，言此有證。是時第二地神，踊出作證，故今像手。仿昔下垂。」得意的手掌或指此。

時之鳥 *The Bird of Time*

第一輯　愛與死之歌十二首

時之鳥

哦，時之鳥，你唱的是什麼歌？
在你果實纍纍的枝柯。

我唱的歌是生命的燦爛與歡快，
是深切的憂患與劇烈的鬥爭，
以及春之活潑的喜欣；
是播種來年的希望，
和期待著晨之夢的忠忱，
曉風晚颸的芳香和平，
那人們稱為死的神祕的靜。

哦，時之鳥，說，你在哪兒學得
那些你歌唱的抑揚韻律？

在鳴條的森林和衝激的潮頭，
在新嫁娘的歡笑中，
以及春天新孵雛的鳥巢中；
在感召慈母祈禱的黎明，
和庇護著絕望之心的黑夜，
在惋惜的長嘆，憎恨的低哽，
與克服了命運的得意的誇矜。

悲歌

（她喪偶的悲哀）

她有什麼意味再需要美麗？
死亡已把她從丈夫的撫愛分離。
她有什麼意味再需要閃耀的長袍似虹繞的霧？
再需要發光的玻璃或珠寶戴上她的玉臂？
花朵或珠帶來陪襯她的髮光？
茉莉花環來裝飾她的臥床？

放下了她新婚時期的菱鏡……
她何須它的勸告或讚美的慇懃？
雙手也知道失侶的悲痛，
何須指甲花的愉悅象徵？
何須紅色風味綴於她飲悲之雙唇？
何須黑色油膏敷上她淚溼的眼睛？

粉碎她的耀眼手鐲，
拉斷那連接著神祕婚珠的線索，
雖則，它不肯離開如此可愛的啜泣之喉頸；
解除她腳上的黃金踝鈴，
脫卸她天青色的面紗，
遮黑她活生生的美麗在一個現前的障蔽。

不，任她去！……歡快是這樣短暫，希望是這樣易碎，
我們能給她什麼安慰？
是不充實愉快的渴念之苦痛？
是她寂寞之夜的無月之不眠，
她眼淚的懊惱深淵，
與嘲笑她空虛年代的花之春天？

印度戀歌（用印度曲調之一）

（他）

揭去妳的面罩，它遮黑了妳的燦爛而優雅的愉快月亮，
哦，愛啊，不要把妳光亮的臉之歡欣，避開我長夜的渴想，
給我一枝香蔻拉花，那守衛妳的兩鬢髮鬈的，
或者給我以流蘇的絲線，那擾亂妳發光珍珠的夢的；
我的精神漸漸迷戀於妳的髮髻的香氣與妳踝鐲的善變之樂聲，
我祈禱妳，用蘊藏在妳如花香吻中的迷人之甜蜜來把我甦醒！

（她）

我怎麼可以為了你懇求的聲音而降服？我怎麼可以允諾你的熱切情話？
我怎麼可以給你一根玫瑰紅的絲線，一瓣我頭髮上的香花？
而在你心之渴望的火焰中，把我的面罩拋撇？
為了一個我父親宗族的敵人，我怎麼可以侮慢我父親信奉的戒律？
你的親屬搗毀我們神聖的祭殿，宰殺我們神聖的母牛❶，

老的宗教宿仇，老的戰爭之血，分裂開你與我不同教的信徒。

（他）

心愛的！我的宗族的罪惡有什麼關係？我的同教對於妳有什麼關係？
妳的廟宇和母牛，以及親屬有什麼關係？妳的神祇對我有什麼關係？
愛神不管宿仇與殘忍的愚行，不問宗族的親近與疏遠，
在他的耳中，神廟的鐘聲和摩愛僧❷的呼喊，是一樣的美善，
愛神將消解古代的過失與平復古代的忿恨，
用他的眼淚，贖取那玷汙了過去年代的難忘之罪憾。

譯者註：

❶印度教徒奉母牛為神，禁止宰殺，即鞭打亦不許可，甚至以牛糞為聖潔；而回教徒則以牛肉為主要食品。又回教徒主靜；而印度教徒之禮拜，則鐘聲、歌聲交響，最使回教徒厭惡。故印度印回兩教最易衝突，積仇且近千年矣。

❷摩愛僧，為回教寺登塔高呼，召喚教徒們入寺禱告之僧侶，印度教徒則以神廟之鐘聲號召信徒到廟禮拜。

悼念

（克拉克紫蘿蘭——一九〇九年三月二十一日逝世）

帶著我們古代知識的急切學問，
一切我們古代經歷的先見之愛，
妳來到我們人世，用溫柔的手貫穿著
天才的光煥稟賦，年輕與精微的優美，

我們的廟堂，我們的神聖河流，我們的富麗藝術，
我們的攀登天空之無年代圓頂的古老層岩，
召回些許久已失去的狂歡到妳心頭，
妳精神之家的些許遙遠紀念。

＊　＊　＊　＊

我們說：「是一個北地國王的華美花園的
一朵絕妙的奇異之花，她的來……」

但是看啊！我們的精神在那時看見妳
是我們的詩人歌唱這朵玫瑰。

誰是這樣迅速地散布妳的美麗的種子於海外，
使妳茁生於異域？
又是什麼命運的預言之風
把妳歸還給我們，當妳花開時節？

有一個短暫的時間用優美的光彩與芳馥
來給我們的心愉快與幸福，
直到死神霸占妳的活潑的美麗，
因為對這光彩花朵的無謂妒忌。

哦，脆弱的神奇之花，雖然妳是死了，
妳的精神的芳香不滅，
黏附於我們淚沾的親愛花圈，

還有妳的甘美的清風和貯愛的「葉」。

原 註：

《葉》是克拉克紫蘿蘭小說集的書名，於她死後出版。

愛與死

我夢見我的愛情曾使你的精神自由，
解放你從命運的枷鎖之間，
並給你佩帶一份豐富而歡樂的
永存不壞的妝奩；
出於愛，我夢見在你寂寞恐怖的無窮鐘點，
我的靈魂曾贖回你，
從那些使一切人們畏懼的灰白手掌❶間，
於是用愛情征服了死，像薩維德麗❷。
當我醒來，唉，我的愛情是無效，
甚至不能解除一個命定苦楚的痛切，
或者用一個興奮來延長你的呼吸；
哦，愛啊，唉，那愛情不能減輕
你的人類傳襲的重負，
或者救助你避免死神的急切命令。

譯者註：

❶灰白手掌，指死神之手掌。

❷薩維德麗，Savitri，印人崇拜之傳奇人物，國王阿喜伐帕帝 (Ashvapati) 因無子女，每週絕食一日，虔誠禱於創造神之妻薩維德麗，竟育一女，因以薩維德麗為名。公主美而慧，長成後於森林中自擇失國王子薩德野梵 (Satyavan) 為夫，唯創造神之子納拉達 (Narada) 謂王子明年將死，勸勿嫁，公主堅持，父始允公主嫁之。明年王子死期將屆，薩維德麗齋戒三日，絕食禱告，第四日夫出伐木，薩維德麗偕往伴之。日午，夫倦極臥地上，薩維德麗見死神閻摩 (Yama) 攝其夫之魂出竅，大如手指，持之去，薩維德麗緊隨閻摩不捨，閻摩被感動，許其盲翁目復明，公主仍隨行，久之，又許其翁得復國，唯不許其夫復活。入夜，公主仍不捨，閻摩允其第三次要求，公主云，但願薩德野梵得有子。閻摩嘆曰：「公主誠天下第一女子。」乃以魂授公主，並允公主得有弟，公主急返林，其夫欠伸起立，月下同返家，則薩德野梵之盲父已復明，倚閭而望矣。

愛的舞蹈（為雷伯孟夫人麗莎作）

音樂在悲嘆，音樂在瞌睡，
一會兒激動，一會兒又似安睡……
諦聽，這音樂漸漸醒來，漸漸啜泣而怨訴不平，
宛似一個婦人之苦痛的心；
一會兒歡笑，高呼，又甜言蜜語，
像一個良宵的情侶，
一會兒為驟然的渴念而喘息，
一會兒樂竭而哽咽。

像風中的鮮豔蓮花，
那些舞蹈者擺動著閃耀著，
迅疾在一個律動的圓圈中，
柔和在一條律動的行列中；
她們的輕快的四肢閃光似琥珀

透射過她們金絲的披紗，
她們波動著屈曲著招呼著，
她們迴旋著纏繞著停息著。

琵琶與鐃鈸的誘惑
失敗在無情的風裡，
子夜的精神逐漸厭倦於
香伯克樹的香氣；
但舞蹈者的巧妙的足
列成一條長長的循環的鏈索，
在愛人們的心中
甦醒了愛的極樂與苦痛。

情歌一曲採自北印度

不要再告訴我你的愛情，帕庇哈，
是否你要把那過去的夢召回到我心中，帕庇哈？
那過去的夢是歡快的，
每當我愛人的腳疾趨到我近身
伴隨著黃昏與黎明的星星。
我看見在河上的浮雲之柔翼，
我看見雨點使振動的檬果葉綴上珠飾，
我看見熱情的樹枝開花在草坪……
但他們的美麗對我有什麼用，帕庇哈？
花朵與陣雨的美麗，帕庇哈，
不能再帶來我的愛人。

不要再告訴我你的愛情，帕庇哈，
是否你要把悲哀復活在心中，帕庇哈？

那悲哀是過去的歡樂所引來。
我聽見那華美孔雀在閃光的林地
呼喊他的伴侶於晨光裡；
我聽見那黑色「可愛兒」的緩慢而震顫的求愛聲，
和多情的夜鶯與鴿子甜蜜地
在園中叫喚與咕咕的談情……
但他們的音樂對我有什麼用，帕庇哈？
他們的笑與愛的歌，帕庇哈，
因為，我是被愛所摒棄。

原　註：

帕庇哈，Papeeha，當檬果熟時見於北印度之一種鳥，Pi-kahan Pi-kahan 為其鳴聲，意即「哪裡是我的愛？」

夕陽時分（赴果爾孔達❶道上）

厭倦，我尋覓和善的死神
於這些飲喝著紫色夕陽的川流間，
這裡平原默對著平波山巒的陰影，
我高呼：「高貴的夢與希望及愛都歸失敗，
超脫我的靈魂免受病難，
從苦痛的束縛中把我潔淨！」

「是否希望將克服喧囂的憎恨之流行？
是否蜜愛將成功或高夢將寄託在
抗爭的騷動之中，
在古代信條，在戰爭與古代戰爭之間？
那是損毀了生命的素靜愉快之意志，
沒有一點庇護，除卻你的援助的臉。」

＊　＊　＊　＊

就當我說時，一陣悲風吹近，
下垂玫瑰的濃郁香氣散發，
而從覆蓋紅布的某一美女之行進屍架❷，
香氣也散播著，
稟賦著緩慢歌唱與迅速記憶之淚，
那死的最後靜默給予盲者……

哦，消逝的，哦，泯滅在不醒的長眠，
她高貴的不瞑之目的榮光！
哦，靜止那急遽的雙腳，
他們知道那狂歡與悲嘆的路險阻而錯雜，並不康莊！
被一個奇異的模糊而酣深的睡眠所喑啞，
曾經活躍的心是當初愛的天堂！

＊　＊　＊　＊

放棄了人世幸福，她迅速地

回復我的精神向那等待著正招呼我的歡樂，
向那小孩們的笑聲，七弦琴的晨曦，
深厚而熱切的愛之欣狂，
吹著金喇叭的生翼之夢，
與戰勝宿恨的希望。

譯者註：

❶果爾孔達，為南印度地名，見〈果爾孔達之王陵〉一詩之註。

❷印人禮俗，人死後於二十四小時內出殯，火化於野，出殯時無棺木，僅以屍架抬之。

孤獨

哦，愛啊，孤獨地我尋覓在那開花的空林，
尋覓在那歡快的光亮而熟習的小徑，
尋覓在那美麗晨光中的石榴院，
尋覓在那靜夜中的安恬而繁茂的果園。

哦，愛啊，孤獨地我衝向那閃光的波濤，
衝向那生命的溪之變幻浪潮，
衝向那希望的大海，慾念的急流，
衝向惑人明月的河口。

可是沒有憐憫的風或安慰的星
帶給我從你寓處送來的甜蜜的信……
在什麼笑或淚的預定時間，
我才能得到慰藉於撫觸你的聖顏！

拉奇普德❶戀歌

（白爾梵蒂在她百葉窗邊）

哦，愛啊，假使你是一個香羅勒花鬘盤繞著我髮髻，
你是一個鑲珠的耀光金釦包住我的衣袖，
哦，愛啊！假使你是紫戀我綢衣的蔻拉香魂，
你是我織的衣帶上的光亮朱紅線一縷，
哦，愛啊！假使你是我枕上的香扇，
你是檀香木琵琶，你是我的祭臺前的銀燈正點燃，
我何必憂懼那嫉妒的晨曦，
他在你和我之間獰笑著展開離愁之幕帷？
趕快，哦，野蜂鐘點，趕快去到落日之花園！
飛，野鸚鵡的白晝，飛向西方之果園！
來，哦，溫柔的夜，伴著你甘美的慰人之黑暗同來，
把我的愛人帶給我，進入我庇護的胸懷！

（亞馬爾辛❷在他馬鞍上）

哦，愛啊，假使你是我手上鼓著翼的戴帽之鷹，
當我騎在馬上，牠的項間的金鈴叮噹地響鳴，
哦，愛啊！假使你是一朵帽花或鳥毛在飄蕩，
你是光亮而鋒利的不壞之劍在我腰間搖晃，
哦，愛啊！假使你是一面盾牌抵禦我敵人的箭，
你是一個翡翠的護身符袪除我路上的危險，
怎麼可以讓黎明的鼓聲把我從你的懷中分離？
或者子夜的結合因白晝而放棄？
趕快，哦，野鹿鐘點，趕快去到落日的草澤！
飛，野驥的白晝，飛向西方之牧場！
來，哦，安靜的夜，伴著你的悅人的合意的黑暗同來，
帶我進入我愛人的懷抱之芳香！

譯者註：

❶拉奇普德，Rajiput，為印度武士階級中之一族，分布於沙漠邊緣拉奇普塔那一帶，建立小國甚多。拉奇普德人勇敢嗜戰，以捐軀沙場為榮，有玉碎精神，為印度之斯巴達。拉奇普德婦女，亦以貞烈著聞。

❷辛，Singh，為勇武之稱。拉奇普德與錫克人均尚武，大多以辛為姓。

波斯戀歌

哦，愛啊！我不知為何，當你正歡樂，
我歡樂的心也跳動得舒暢，
哦，愛啊！我不知為何，當你正憂鬱，
我憂鬱的心也哭泣得哀傷。

我不知為何，假使你休息得甜寧，
我醒著的心也就靜息，
假使你的眼睛為痛楚而減少光明，
懊喪的劇痛將把我胸寸磔。

這奇妙的神祕時開鮮花，不斷地，
哦，愛啊，我不知為何……
除非這是，我就是你，
我愛，或者，你就是我！

給愛

哦，愛啊！在我所有的財富之中，
有什麼我曾捨不得奉獻於你的聖宮？

還有那些祈禱與讚美的歡欣之優雅，
以及我的奮激之日的抒情之花？

你的深切的夢，我難道未曾滿足你？
那些祕密的希望，慾念與記憶。

那些久已死去的艱辛年頭的隱痛，
未能消解的舊怨，未得安慰的驚恐。

我何曾未用光彩的預言，那簡短的歌之愉悅，
來使你的未生年代顫動而充實？

哦，愛啊！在所有屬於我的財寶之中，
有什麼我曾捨不得來向你的寶座進貢？

第二輯　春之歌十首

春

（榴麗譯）

嫩葉綠了榕枝，
又紅了庇帕爾❶樹，
那甜蜜的鳥向放芽的無花果鳴叫，
甜蜜的花向蜂兒呼喚。

罌粟花浪用它們嬌嫩的黃金
於銀色的龍舌蘭叢，
珊瑚色與象牙色的蓮花展開
它們的優美生命於湖中。

翠鳥們撥亂那羽毛似的水草，

那活潑的空氣震動，
蝴蝶們在野玫瑰的籬中揚翅，
更加那群山的鮮明之青蔥。

卡瑪拉❷，一隻遲緩的腳發出鈴聲，
在那寺鐘正鳴響的林藪，
克里史那❸，在他的竹笛上吹奏
一首愛與春的牧歌。

譯者註：
❶庇帕爾，印度樹名，為闊葉喬木。
❷卡瑪拉，意為蓮花，亦為幸運女神蘭克喜彌之別名，此處為印度女孩名。
❸克里史那，神名，或譯黑天，保護神毗溼奴之化身，常牧牛吹笛，此處為印度男孩名。

春日放歌

野蜂攫奪檬果樹花
獲得片刻的自由從愛神的繩索下，
野鳥搖蕩在枸簾樹裡，
沉醉著春之芳香紅蜜味，
在閃爍黃金的微弱節奏裡，
螢火蟲交織著空中的舞蹈，
你怎能知道在你歡快的短短季節
遲延了夢想與心的變老？

但智慧的風當他鬆弛
他精微全知的飛行之速度，
他能　預測未開花百合的魔力，
預告未出生夜的星座。

他曾尾隨旅客的急促步武，
追蹤迅速祈禱向他終極的目的，
他曾探察愛神的陳舊不變的祕密，
和人類精神的多變之憂戚。

他曾陪著花神留滯在她的議事廳，
最後發出她嚴峻的命令，
他的翅膀曾簸揚那貯藏的日光，
他的嘴脣曾嘗味那紫海的水浪。

春之歡樂（榴麗譯）

春，哦春，什麼是你的精英？
是那夜鶯的歡唱，或玫瑰的笑影？
是在月光之翼上歌舞的露珠？
是那行走著高歌的清風之聲音？
是當期待歡樂的花瓣張開時
那新娘的希望或少女的夢境？

春，哦春，什麼是你的奧祕？
你魔力的歡快之心中的祝福，
它使晨之脈膊為驚奇而加速，
並使全美的種子早日發芽？
它占領天空，並使大地心中的
歡欣之根被迫而開花？

伐桑旁遮米（麗蘭梵蒂的春節❶之悲哀）

去，蜻蜓，斂起你紫色的翼，
你為什麼要帶給我春之消息？
噢，歡唱的可愛兒，靜止你欣喜的音調，
噢，大笛歌鳥，緘默你熱情的歌喉，
否則尋找別處園林做你們的窠……
你們的歌聲似毒箭般射進我的胸口。

噢，熄滅你的火焰，你緋紅的葛爾慕火，
你誇耀你的燦爛奪目的花朵橫在我的門口，
收起你的白鈴，芳馨香伯花蕾，
你召喚了野蜂群來參加你的仙餐會，
噢，親愛的雪律莎樹，屏住你的呼吸……
你宰割了我的心，用啃嚙的記憶。

噢，歡樂的姑娘們，妳們清早起來
用檀香土裝飾妳們的門檻，
妳新娘們，妳們佩珠的腳走向河濱，
帶著妳們的銀燈與新秀麥的祭品，
我請求妳們減低妳們的聲音，當妳們
歌唱祝賀春之歡欣曲文。

噯！我與營巢鳥有什麼關係？
我與穀及蓮花蜜，象牙色的凝乳泥，
我與石榴果及車前花，
還有玫瑰紮的門楣，玫瑰香的琵琶，
我與光輝的廟宇，芳香的祭臺之火有什麼關係？
那裡，只讓歡樂的婦女們滿足她們的心意。

啊，我悲慘的生活是命中所注定，
零落與枯槁，像被踐踏的草，

我的心曾經長成，但被悲風所摧折
類似落花與枯葉，
類似每一樣孤獨與凋殘的生物，
只有已往的春之吻接❷。

原　註：

伐桑旁遮米，Vasant Panchami，即春節，屆時印度教少女與有夫之婦，均攜帶明燈與新穀之祭品，呈獻於春之女神❸，使之漂浮水面。但印度教寡婦不准參加任何節日之儀式，她們的命分只有悲哀與悽楚。

譯者註：

❶印度之春節在印度曆麥格月之第五日，約當陽曆一、二月之間。印人相習以春節為幼童啟蒙之日，開始入學就讀。印度北部春節之日，正小麥收穫之期，每逢春節，供奉克里史那神，不問老少，載歌載舞，歡欣若狂，有如日本之櫻花節。印人並互以大紅大綠之彩色，塗染身首以為戲，被染彩色，認為吉利，故又名彩色節。

❷印度習俗對寡婦的待遇至為慘酷。上層階級婦女，夫死不能再嫁。立刻把頭髮剃光，洗去脂粉，卸除飾物，連額上紅點也洗掉，從此不准穿顏色衣服，永遠穿著粗劣的寡婦紗麗。寡婦每天只可吃一餐，每月更須絕食兩天，以懺悔自己的罪孽。因為丈夫的死，是由她前世或今生的罪孽所致。所以寡婦便是罪惡的象徵，是帶給人們以不吉利的東西，不准參加任何集會或娛樂，只能在家操賤役，寓陋室。甚至寡婦影子掠過的飲食，也認為不潔而棄去。假使男子遠行，出門看見寡婦，就認為是凶兆，只可中止，改日再行。今日此風已有改良，但一時尚不能將舊俗全行革除，遠避寡婦的心理尚到處留著哩！

❸春之女神，名薩拉史華蒂(Saraswati)，為創造神婆羅摩之女兒。薩拉史華蒂塑像，立於白蓮花上，穿白衣，戴白花，手執白色維那（Vina，或譯箜篌），其所用項鍊等飾物均為白色。

花開時節

哦，愛啊！你知否春在這裡
帶著她魔笛的誘惑？……
舊壤爆成熱情的花
在她疾馳的歡快之腳的吻接。
茁長的葉在杏樹枝上，
茁長的葉在綠浪胸上，
那曾被你的包頭巾飾的
珠寶之明快的光所誇獎。
鮮明的石榴嫩葉展開，
嬌弱的野百合花顯現，
像那血紅寶石，你曾用來投向
春節舞蹈的姑娘
以歡迎新生的年。

哦，愛啊！你知否春在這裡？……
伴著香與歌以及極度的樂意，
朝與暮到處長成
那生命的盲目離奇的旅程。
鳳仙花，薩里莎和尼姆樹的
芳香氣息喝醉了清風……
他們有沒有用你所愛好的世界之深刻的思想，
和你保持過的多麼親愛的美，
來驚擾你的寒冷的異鄉的安靜之睡眠，
或者攪惱你的不變之夢？
而為了甜蜜的愛之故，你是不是渴望一個短暫的歡樂時間，
從你寂寞的睡眠中清醒
來歡迎這新生的年？

葛爾慕火花❶之讚歌

（榴麗譯）

什麼能匹敵你可愛的色彩？
哦，春之燦爛恩物。
是那新娘禮服的閃耀紅光？
是那野鳥之翼的豔麗之赤？
還是那燃燒在蛇王額上的
珍珠之神祕火色？

什麼能匹敵你眩目的
一時燦爛的壯麗之愉快？
是把海洋的面容染色的
那光煥黎明的鮮豔雲霞？
還是那為援助一個拉奇普德王后
而從千萬個胸中迸流出的血花？

什麼能匹敵你的嬌嫩的
勝利之火的光榮凱旋？
是希望之火或憤怒之火？
還是我渴望之心的烈焰？
或者那跳向天上的狂喜之光
發自一個忠實妻子的積薪之火葬？

譯者註：

❶葛爾慕火花，Gulmohur Blossoms，產於印度，樹高大，春日開血紅之大花，鮮豔奪目，美麗無比。此詩僅就花之嫣紅加以讚美，其詞藻之瑰麗，想像之奇妙，堪稱大手筆。

納詩吐馨花❶

強烈的深奧的苦味的香氣，
美觀的燦爛的熱情之花朵，
你的花瓣交織著香與火，
是薩維德麗❷的殷憂與息妲❸的志懷，
德珞帕娣❹的渴望，黛瑪鶯蒂❺的恐懼，
與最甜美的莎賡妲蘿❻的魔術之淚。

原註：

詩中五人均為梵文稗史及詩歌中之不朽女子，她們的深切的悲哀與光煥的德行，至今仍使印度婦女們深深感動，並影響她們的生活。

譯者註：

❶納詩吐馨花，為蔊菜之屬，冬月叢生於田圃間，莖高二、三寸，葉橢圓而長，有刻缺。春

日開小黃花，根葉均可食，味極辛辣，亦稱辣米菜，西人花園多栽之。

❷薩維德麗，見〈愛與死〉一詩之註。

❸息妲，史詩《羅摩耶那》之女主角，王子羅摩之妻。羅摩守父王諾言，居住森林十四年，息妲自請從夫同行，歷盡艱險，堅貞不渝。詳見拙著《印度歷史故事》。

❹德珞帕娣，Draupadi，史詩《摩訶婆羅多》中之美女，是曲女城之公主，欲選英武少年為夫婿，父王為舉行盛大之選婿大會，大象城之王子潘達伐五兄弟與會，三兄阿朱那以勇武著稱，得神箭之傳，一箭中魚目，英雄美女，得成眷屬。時大象城由潘達伐五兄弟之叔父達里那為國王，公主既嫁五兄弟，五兄弟聲望日高，叔父之子杜約達那遂設計將潘達伐五兄弟及德珞帕娣放逐森林，德珞帕娣且受侮辱，切志復仇。後十二年放逐期滿，雙方糾集十餘國，大戰於德里附近十八日，殺杜約達那，潘達伐五兄弟仍返大象城，長兄俞迪希鐵羅稱摩訶羅闍，為印度各國盟主。

❺黛瑪鶯蒂，見〈黛瑪鶯蒂給納拉於放逐中〉一詩之註。

❻莎賡妲蘿，Sakuntala，故事初見史詩《摩訶婆羅多》，後印度大文豪迦里陀薩(Kalidasa)更將其事寫成名劇。莎賡妲蘿是女神彌那迦(Menaka)與一隱士所生之女，生後被棄林中，藉一種名「莎賡妲」之鳥之保護得以不死，後被隱士甘梵(Kanva)收養，因名莎賡妲蘿，及其長成，有姿色。一日，杜斯揚多(Dusyanta)王佃獵迷途，至其家乞食，隱士適外出，

女便接待，王竟愛之，留指環以為信物。隱士回，送女赴大象城王宮，王因婆羅門人咒詛之魔術，忘卻前情，不予收容，女亦不能出信物，蓋已於汲水時落入河中而不自知。女悲痛欲絕，哭聲甚哀，感動天神，眼淚映出一道光來，乃其母來慰之，即迎之上天，後漁夫於魚腹中得指環，王見指環，始憶前情，才再把莎賡妲蘿找回，夫婦團聚。其子名婆羅多，即潘達伐五兄弟之祖先。

金桂❶（榴麗譯）

哦，燦爛的花，散布在我前途，
人家說，你只是林地的花朵。

可是，有時我想你或是新落的
一顆殞星的碎屑；

或是神龕前的金燈，
或是盛仙酒的金瓶。

哦，或者你是，清脆和香馨！
那野春腳上的光亮踝鈴，

或是一位新娘想起她失去的
少女之春而流出了發光的淚滴。

但現在，你在記憶的黃昏，
只像過去之夢的閃光幽靈。

譯者註：

❶金桂，Golden Cassia，金色肉桂之簡譯，花開於春日，非中國之木樨花。

香伯克花

琥珀瓣，象牙瓣，
雕刻的翡翠瓣，
因你的仙食甜品而迷惑著
森林、田野與草坪，
在你短暫的光榮中注定著
萎縮、枯謝與凋零！

雖檬果花消失久久，
橘花已脫落，
他們復活在成熟的黃和紅的
甘美之收穫中。
不過你，當你嬌美的花開過
將計算在死亡之中。

只為了來纏繞女人的黑髮
你芳香的心展開；
只為了來加花冠於春風
你嬌嫩的星張開。
你不誇言你的無目的之美
是來服務或造福人類。

但，當在明月如水的良宵，
少女和樂師們歌唱，
把你的花蕾放上大神的祭臺，
哦，鮮豔的花朵，你拋送
你的放蕩而有魔力的濃郁香味
來誘惑春天的風。

極樂

心啊，哦，我的心！看那春天正覺醒著
　在草原與林藪。
看那流暢的「可愛兒」正編唱著
　他們的愛的讚歌。
看那白練似的溪與河正閃爍著
　和諧的奔流，
看那華麗的孔雀怎樣在舞蹈著
　愉快的節奏。

哦，心啊，當花與葉的狂歡節季，
　是降臨我們，
我們在生命的美妙合唱之中，豈可仍然牢記
　我們的不幸？
他們從鳥與溪得來的快樂讓我們借取，

哦，心啊！讓我們歌詠，
在我們前面的年代雖是哭泣與憂慮……
今天，卻是陽春！

第三輯　印度民歌九首

村歌

滿滿的是我的水瓶頂得老遠，
這條路是寂寞且漫長，
為什麼，哦為什麼我被誘惑著兀自徘徊
給船夫們的歌曲來迷醉？
夜的陰影迅速地落下，
聽，哦，聽啊，是不是白鶴在鳴叫？
是不是野梟在呼喚？
沒有柔美的月光來照我，
在黑暗裡毒蛇會咬我，
或者會有惡鬼來殺害我，

羅牟❶啊羅牟！我要死了。
我的兄弟將怨言：「為什麼她留連忘返？」
我的母親將倚閭哭泣，
她說：「啊，偉大的神靈保佑她平安，
瓊那❷河水好深邃。」
瓊那河水急急地衝，
黃昏的暗影濃濃地來，
像烏鴉遮蔽了天蓋……
啊，假使起了暴風雨，什麼禍害將輪到我？
要從閃電之下得安全，何處我去躲藏我？
除非你來扶我行走引導我，
羅牟啊羅牟！我要死了。

譯者註：

❶羅牟，Ram，為羅摩(Rama)的簡稱，本是神名，乃古代史詩中之英雄，印人崇拜羅摩，

故男孩多取此名者。此處羅牟當為一鄉村男子，汲水村女愛慕之，故設詞呼其援助，欲藉以親近。蓋未必真有其事，特鄉村少男，每嗜唱此類山歌，且希冀有此豔遇之一日耳。

❷瓊那，為恆河之支流，印京德里即建於此河河畔。

催眠曲為蘇那里尼作（用孟加拉韻律之一種）

那裡有金紅色
香伯克蓓蕾怒茁
在急流的河濱，
當白晝彌留
有群仙飛兜
散布夢的雲。

睡魔鼓翅
唱過森林的叢樹，
馬上飛到這地方，
嬰兒夢境是燦爛的
給我的蘇那里尼……
別作聲，哦，我的小月光！

睡甜覺，菩薩會來保佑你……
別作聲，我的雙臂撫愛你，
別作聲，我的心窩緊抱你，睡著吧，
直到跳出紅太陽
衝破你的黑甜鄉，
睡著，我的蘇那里尼，睡著吧！

我的城市之歌（榴麗譯）

㈠在百葉窗洋臺中

我怎樣來餵你，心愛的？
用水果和金紅的蜜。
我怎樣來使你樂意，心愛的？
用琵琶和鐃鈸。

我怎樣來戴花冠在你的髮髻？
用茉莉的珍珠接成。
我怎樣來熏香你的手指？
用蔻拉和玫瑰的魂。

我怎樣來裝飾你，哦，最親愛的？
用孔雀和鳩鴿的彩色。
我怎樣來向你求愛，哦，最親愛的？

用愛的優美靜默。

㈡在海德拉巴之市場中　（擬市集的音調）

哦，你商人，你賣的是什麼？
你的商品陳列得這樣熱鬧。
緋色和銀色的包頭，
紫色錦緞的外套，
琥珀鑲邊的鏡子，
翡翠為柄的短刀。

你秤的是什麼？哦，你貨主。
扁豆和白米，還有番紅花柱。
你磨研的是什麼？哦，妳姑娘。
香料、鳳仙和檀香。
你叫賣的是什麼？哦，你小販子。
棋子和象牙骰子。

哦，你金匠，你製造的是什麼？
手鐲和腳鐲，還有戒指，
青鴿腳上的鈴，
脆薄像蜻蜓的翅，
舞孃的黃金腰帶，
國王的黃金鞘子。

你喊賣的是什麼？哦，你賣水果的人。
石榴、李子和柑橙。
你彈彈打打的是什麼？哦，音樂家。
薩朗奇❶、皮鼓和雪帶❷。
你唸唸有詞的是什麼？哦，魔術師。
咒語使人長生不死。

哦，妳賣花女郎，用天青和紅色的垂花，
妳編穿的是什麼？

是戴在新郎額頭的花冠，
用來裝飾他床上的花圈，
是新剪白花的花毯，
用來芳香死人的安睡。

譯者註：

❶薩朗奇，Sarangi，印度樂器，似中國之胡琴。

❷雪帶，Sitar，印度樂器，似中國之琵琶。

鐲販（榴麗譯）

我們是鐲販，
帶著我們發光的貨物來到廟會……
誰要買這些雅緻又明亮
染著霓虹色的耀光圈環？
燦爛生命的光彩象徵
給與幸福的女兒們和愉快的妻子們。

有的適合於少女的玉臂，
銀和青像山間的雲翳，
有的緋紅像在林地之小溪的
靜寂懸崖的夢之花蕾；
有的像粉紅色的花
襯托著透明新葉的光輝。

有的像日光照耀著穀粒的田地，
適合於新娘在她新婚之期，
有的像她婚禮之火焰，
或像她心之渴望的顏色般豔美，
清脆，光亮，優雅，明澈，
像她新婚的笑聲和新婚的珠淚。

有的是紫和金斑點的灰，
給與生命旅行半途的她，
她的手曾撫慰，她的愛曾保佑，
曾養育過出色的兒子在她忠實的懷，
她服務於她家屬的有勞績的榮光，
她禮拜神像在她丈夫的身旁。

蛇的節日❶ （榴麗譯）

清早醒來，我們尋找你們降居的廟宇，
在山洞，在神聖的榕樹根，在隱蔽的沙山中；
哦，舉起你們夢著的頭，那些沉睡的不朽智慧的頭，
交織你們的神祕律動在笛的曲調中。

我們帶來牛乳和玉米❷，野的無花果和金的蜜，
焚燒起馥郁的香料來，氤氳著祭神的氣氛，
用齋戒❸的唇，我們祈禱，用熱切的心，我們禮讚，
哦，接受我們的微物，聽取我們的祈請。

保護我們無助的生命，指導我們堅忍的工作，
滿足我們心愛的幻想，像你們冠中的珍珠一樣；
哦，伸開你們頭蓋來看守，我們睡眠的安全，
還有消解在我們的胸頭喧囂的煩惱之渴念。

你們似溪流般迅捷，如降露的無聲，
奇妙若閃電，光輝比日月；
你們是先知，是古代靜默的象徵，
那裡生命和死亡，悲哀與歡快合體為一。

譯者註：

❶蛇節，印度名曰納格旁遮米 (Nagpanchami)，納格之意為蛇，旁遮米之意為第五日。在印度曆希拉梵月之第五日，約當陽曆七、八月之間。

❷為祭祀蛇王顯沙 (Shesha) 之節期。顯沙有千頭，盤曲如蒲團，保護神毗溼奴偃臥其上。印人每屆蛇節，家家圖蛇王之形於一小凳上而禮拜之。所用祭品為牛乳與燻穀等。

❸相傳古時有農夫耕田，其犁頭切死小蛇，蛇母大怒，咬死其人，並殺其全家，最後見農夫之女正在禮拜蛇王，頓時怒息，赦其死。女知蛇母殺其父母兄弟，即求蛇母恕其父誤殺小蛇之罪，蛇母將神酒與女，女持之灌其親屬，一滴入口，死者即復活。因此故事之流傳，印人於蛇節之日，忌耕種或割取蔬菜等農作物，甚至不用刀切菜，停止烹飪，禁吃煙火食，類似中國之寒食節云。

牛乳姑娘拉達之歌

我帶著我的乳酪去馬土拉❶趕集……
那牝犢的嗥聲是多麼溫順！……
我要叫喊：「誰將買，誰將買這些乳酪？
這些乳酪白如空中淨雲
當希拉梵❷的風吹著。」
可是我的心中充溢著你的美容，心愛的，
他們嘲笑，當我不由自主地喊出聲：
郭文達！郭文達！
郭文達！郭文達！……
河水的流瀉多麼溫順！

我帶著我的罐子去馬土拉潮頭……
那划手們划船划得多麼歡欣……
我的伴侶呼喊：「喂！讓我們跳舞，讓我們唱歌，

還要穿著橙色長袍去迎春，
還要採摘那含苞正放的花朵！」
可是我的心中充溢著你的音樂，心愛的，
他們效顰，當我不由自主地喊出聲：
郭文達！郭文達！
郭文達！郭文達！
河水的流瀉多麼歡欣！

我帶著我的祭品去馬土拉神廟……
那火炬的燃燒是多麼光明！……
我合掌在祭臺前禱告：
「哦，神明守護我們白晝與黃昏。」——
那法螺吹出的聲音很高。
可是我的心中對你不勝崇拜，心愛的，
他們憤怒，當我不由自主地喊出聲：
郭文達！郭文達！

郭文達！郭文達！……
河水的流瀉多麼光明！

原　註：

馬土拉，Mathura，是克里史那(Krishna)神祕崇拜的主要中心，他是印度人民心目中的神聖，牧牛者與音樂家——那「神之所寵」。他又被稱為「郭文達」(Govinda)。

譯者註：

❶馬土拉，即克里史那之故鄉，濱瓊那河，在德里至阿格拉之中途。

❷希拉梵，Shrawan，印度月分名，相當於陽曆七月或八月。

紡紗歌

帕德米尼：

我的姐妹們在清晨採摘綠葉，
來裝飾花園的鞦韆架，
戴上她們耀光的金面紗
為了春之節日❶……
但甜於新著花的葡萄藤，
和雛鳥們的啾啾聲，
是你頭髮的捲絲，心愛的，
還有音樂般的言詞。

瑪瑜拉：

我的姐妹們坐在爐邊
搓捏那橙黃色的糕餅，
她們從蜂房採集蜂蜜

為了蛇之節日❷……
難道我應該用貢物與誓言，
來驚醒那些戴珠寶的神主？
我穿戴你的愛的光榮
像我額上一顆珍珠。

薩拉史華蒂❸：
我的姐妹們在黃昏歌唱
一個古代儀式的讚美詩，
點燃銀燈的行列
為了光明的節日❹，……
但我倚在格子門上
來看守那照亮的天宇，
我讚美那慈悲的女神，心愛的，
為了你的雙眼的美麗。

原　註：

這些節日分別稱為「伐桑旁遮米」(Vasant Panchami)、「納格旁遮米」(Nagpanchami)及「臺帕伐里」(Depavali)。

譯者註：

❶春節，見〈伐桑旁遮米〉一詩之註。

❷蛇節，見〈蛇的節日〉一詩之註。

❸帕德米尼等三人，均印度女孩名。

❹光明節，為印度曆之元旦，即客耳鐵克月之第一日，約在陽曆十月與十一月之交，通稱地華里(Dewali)。是日晚，家家門前屋頂均點成排之小油盞（今有以蠟燭或紅綠電燈代油盞者）慶祝新年。或云，點燈是迎女財神蘭克喜彌之降臨。

雨神因陀羅[1]頌歌

（榴麗譯）

（男聲合唱）

哦，你驚起了雷鳴的聲音，
你命令那暴風雨從睡夢中清醒，
你裂開了那山岳的堅強而使崩潰，
你打破了那海洋的萬分傲慢！
你把滔滔的急流和大江
來滋長那森林和平原的心臟，
不要收回你的禮物，哦，萬能的賜福者！
　哦，雨之神，請聽！

（女聲合唱）

哦，你統治著你不滅的疆域，
和天與地多變的兵力，
你允許鷹兒以兩翼的歡暢，

和教導那「可愛兒」的雛鳥們飛翔！
你是有力來援助和撫愛的，
你是能救苦救難的，
不要收回你仁慈的愛，不然我們將死滅，
　哦，雨之神，請聽！

譯者註：

❶因陀羅，Indra，為印度雷雨之神，為專司生物成長之神祇。印度婆羅門教完成前之《梨俱吠陀》時代，印人對於自然界之各種現象，均認為足以支配其命運而崇拜為神，而對雨神因陀羅最為崇拜。至佛教興起，因陀羅已演化為「帝釋」。梨俱意為歌，吠陀意為智識，《梨俱吠陀》即印度亞利安人約於西元前十四、五世紀對諸神祈禱讚美歌之總集，故或譯《頌讚明論》。奈都夫人此詩即表達印人對雨神崇拜之情緒者。

第四輯　生命之歌十六首

死與生（榴麗譯）

死神撫摩著我的頭髮低語，仁慈地：
「可憐的孩子，我將從你的苦痛中收回你，
更新你的歡快，再使你出生，
滋長在一個復興的喜悅裡……
成為一隻奏樂的鳥或愛蓮花的蜂，
或者雨點的透明銀色，
或那誘惑的白『雪律莎』香氣，
或那野風的呼聲，或那白浪的韻律？」

我回答：「你溫情的憐憫汙辱我耳朵，
啊，死神，難道我是如此一個無用的傢伙？

難道我的靈魂動搖，我的身體怯懦，
當在遭苦難的辛辣時候？
或在我完成我預定工作之前，
離棄那些我國家需要的服務或歌？」

虎山湖❶ （榴麗譯）

那年輕的黎明用他多情的溫柔來向你求婚，
留戀和徘徊，那夕照的旅行之雲，
貪飲你清秀的面容，
但無人能發現你最深處的光榮，
因為你模糊的銀色包著
祕密的紫和奇妙的玫瑰
只允諾於風，你的愛。
只為他，你的浪潮展開
半透明的音樂。回答他有力的撫愛；
你是，像我，執持著一個歸依，
哦，湖啊，我靈魂之活現的塑像。

譯者註：

❶虎山湖，在海德拉巴城郊，景色秀美。

仁奇蘭❶仙島

（給仁奇蘭女主娜士麗蘭飛霞殿下）

我願居住在你的仙國，
哦，花域的仙后，
花域的生活滑行到微妙的程度
有遙遠時代的光輝與淳厚。

我願居住，和你的野鴿群一同逍遙，
你的棕櫚樹放芽，海風響鳴……
給有韻律的水聲撫慰著，
在你的福佑之島是終年長春。

但我仍須走開，向那在招呼的喧嘩世界，
命定急鼓的呼聲鼕鼕，
遠遠地離開你的圓形屋頂的光煥睡眠，
遠遠地離開你的海堡城牆的夢。

進入那群眾囂纏的鬥爭，
甜蜜「仁愛」的戰爭攻擊那愚昧與邪惡；
那裡勇敢的心持著戰鬥的劍，
我的心則持著詩歌之旗纛。

信仰的安慰給與顫動的唇，
希望的援助給與失敗的手，
歡樂的消息到來，當真理即戰勝，
當和平即凱奏，而仁愛得推行。

譯者註：

❶仁奇蘭，Janjira，為印度洋上一小島，離孟買不遠。

靈魂的祈禱（榴麗譯）

在高傲的少年時代我對你說：
「哦，你用你的呼吸做成了我❶，
說啊，我主，顯示給我，
你生與死的最深的規律。」

「你永久的手可以分配
給我喝每一種苦痛和歡快，
因為我的不能滿足的靈魂，
將把大地的極端苦和甜都吸盡。」

「不必免除我的快樂與鬥爭的苦難，
不要收回我渴望的禮物或悲哀，
那愛和生的錯綜知識，
和墳墓的神祕認識。」

主啊，你嚴厲而低聲的回答：
「孩子，我可聽取你的禱告，
你的強有力的靈魂，
將把所有的熱情的狂喜與絕望都知道。」

「你將痛飲名譽和歡快，
愛得像火樣燒你，
痛苦將似烈焰來淨化你，
來從你欲望中清除那渣滓。」

「你被懲罰的靈魂將切望，
從他盲目的祈禱得到釋放，
疲憊和恕赦，會來懇求學習
我和平的簡單祕訣。」

「我，在我七重的高處，

將教給你我鼓勵的德性，
生是我光的三稜鏡❷，
死是我面部的幽影❸。」

譯者註：

❶印度古籍中載，人皆由梵天自身分化而成，唯婆羅門是從梵天口中生出，故最高貴。詩中「用你的呼吸做成了我」，即指從梵天口中生出。

❷三稜鏡，能分光為七色，所以喻生之形形色色。

❸印度哲學有生死為一之奧義，泰戈爾說：「死是生命的一部分。」本詩最後以生為受光之陽面，死為背光之陰面，亦即此意。

瞬息（榴麗譯）

不，不要悲傷，雖生命是充滿了悲哀，
黎明不會為你的憂愁而藏匿他的光輝，
春不會不把他們的光煥和美麗，
給與蓮花和無憂樹葉的。

不，不要頹唐，雖生命為困惱而暗淡，
光陰不會在半途停息或等待，
今天似乎是這樣的長，這樣的奇妙，這樣的苛刻，
很快的將變為一個忘記的昨日。

不，不要哭泣，新的希望，新的夢，與新的容態，
來年的許多未享受的歡快，
將證明你的心就是他哀傷的叛逆，
你的眼睛將對他們的淚也不忠實。

老婦人

一個孤獨的老婦人坐在街頭，
在一棵榕樹的枝幹下，
諦聽那急促腳步的響亮回聲，
疾馳向永恆的節日，
生命之輝煌行程歡欣地前進。

她震顫的手舉起殘破的白碗一隻，
如果你偶或憐憫地擲給她些許施捨；
她貧困，她曲背，她瞎眼，
可是她仍有勇氣忍受這個年頭的嘲弄，
她的衰老但勇敢的聲音低哼著讚美的歌曲，
不論這歡樂世界是善還是惡：
「拉伊拉海——爾——阿拉，
拉伊拉海——爾——阿拉，

穆罕默德——爾——拉索爾——阿拉❶。」

希望你們的救濟，往往無效，
她耐心地坐在我的門前，
面對著烈日沙風與冷雨，
總是與貧乏飢餓及疼痛結不解緣，
而期待著那最後的長眠……

年輕時代她也有安慰她的丈夫與兒子，
到她衰敝的老年，哦，上帝，
難道無人去保佑她倦頹的眼瞼得到安息？
儘管世上的人不為援助她或注視她而滯留，
但是比她的悲哀及懇求喊聲更清楚的，
是她的信仰慰藉了她的心頭：
「拉伊拉海——爾——阿拉，
拉伊拉海——爾——阿拉，

穆罕默德——爾——拉索爾——阿拉。」

譯者註：

❶「拉伊拉海——爾——阿拉」及「穆罕默德——爾——拉索爾——阿拉」，均為阿拉伯文之音譯，意為「沒有主宰，只有阿拉」及「穆罕默德乃阿拉之使者」。「阿拉」為回教徒信奉之唯一真神——上帝。

夜（榴麗譯）

睡吧，嗳，我的小東西！
睡吧，睡到曙光破曉，平安地，
我們有長夜要守候，
在你們睡著時我們要為收穫而播種，
在你們醒來時就會成熟，
等待著你們的鐮刀來揮動。

睡吧，嗳，我的小東西！
睡吧，黃金的明日是你們的，
你們的手是用來收穫
當你們睡熟時我們種下的夢，
充滿著我們的希望和悲哀，
盈溢著我們哭泣之淚。

黎明

孩子們，我的孩子們，天已破曉，
清晨的音樂響著醒來的時辰，
長夜已過，我們的工作完成。
我們耕耘的田地已經開花，
神速地果實已成熟，為著你們的刈割，
這是你們睡著時我們所種的收穫。

我們的手雖柔弱，我們的服務卻周到，
在黑暗中，我們夢見你們光輝的黎明，
在靜默中，我們努力著明日的歡欣，
用我們悲辛的井水來灌溉你們的種子，
我們勤勞著來豐富你們醒後的歡笑，
我們的守夜已成功，看啊！曙光正破曉。

孩子們，我的孩子們，起來承當
我們勞苦精神的最後希望。
說吧，當你們年輕的心會想起了
為你們收割而種植的種種的夢，
是讚美？還是苦痛？
你們給我們的報酬。
用你們的愛來敷油，
用你們的恕來控訴。

愛之頌歌 （榴麗譯）

哦，母親，我們有兩手服務妳，
來撫愛和團結，努力和救濟；
我們有雙足來踢開那殘破的黑暗，
和踏上那曙光的小蹊。

我們有兩耳來諦聽那似近的回響，
和那「時間」的預言之號角的高聲歡唱；
我們有兩眼來瞻望那新月般的光明，
和那更生之晨的燦爛前程。

哦，母親，我們有一條心來愛妳，
一個完整的、不可分的靈魂，
我們奔向一個偉大神聖的預定目的地；
一個希望，一個目標，一個信仰的聯繫。

隱遁（榴麗譯）

讓我們起來，哦，我的心，讓我們去到那夕陽在叫喚之境，
遠離這寂寞和威嚇的人群之喧聲，
到幽谷去，到空林去，在那裡魔幻的黑暗之幕
從彩雲的懷抱落入金河。

來吧，離開這群眾和他們的騷擾之煩憂，
那裡是安息，那裡是和平，當離去那多種爭鬥的痛楚，
那裡平安的夜信託地執著明日之歌，
緘默不過是生命樂調中的悅耳停休。

讓我們攀登那鷹隼看守的峰巔之灰巖，
讓我們躺臥在棕櫚樹下，那裡我們或能聽見
和獲得優美的夢，從那睡眠的水草之唇，
他們從星辰學來他們神祕語言之高音。

或者，或者我們可搜尋那上帝懷抱的遙遠之一瞥，
在那光榮的陰影中，生命是張開或捲起，
經過那燦爛的時間，
有華麗的花瓣來禮拜世界之主，在黎明的蓮花再開之前。

抗命歌

為什麼用枉然的衝突來煩擾我？
哦，愚蠢的命運，你憑什麼要和我爭勝？
你尖刻的嫉妒豈能把我粉碎？
你詭譎的毒恨豈能把我屠宰？
你儘管用你苛刻的愚行來追逐
我不會伸出懇求的手向你哀哭。

或者你將在苦味的怨恨中破裂
我奮勇眼睛的燦爛帝國……
說，你能搶去我親愛的記憶之領土嗎？
在日光的山和星座的天之上。
在我持久的寶庫中我保有
他們無盡黃金的光輝不朽。

你可以霸占我聽覺的疆域，
但我無損的靈魂豈肯停止諦聽？
那花谷的婚禮之笑語，
那過去年代的美麗歌韻，
戰爭暴風雨和無敵之海的
鏗鏘詩篇和洶湧的樂聲。

是的，你可把我嘴巴打成抽搐的靜默，
從我唇上摘去發字音的能力……
但，我的心豈能減少她熟悉的言語，
當大地能給她遊翔之鳥以巢穴？
我激憤的心豈能忘卻去歌唱
用春的一萬種聲響？

是的，你可以用突擊的苦楚來征服我的血，
用逼迫的痛苦枷鎖我雙膝……

你將怎樣挫折我自由遠遊的幻想，
他騎在雨的翼上？
你將怎樣繫縛我得勝的心意，
他是風的匹敵和無畏的伴侶？

雖你否認我存在的希望，
洩漏我的愛，毀滅我最甜蜜的夢，
我仍要消解我個人的悲哀
在大眾歡快的深泉之中……
哦，命運，你徒然企圖來制勝
我脆弱的但又沉著不屈的靈魂。

晚禱的呼聲❶

阿拉阿克巴❷！阿拉阿克巴！
摩愛僧在清真寺的塔上呼喊；
傾瀉你們的讚美，哦，伊斯蘭的選民；
迅疾地夕陽的餘影正下沉：
阿拉阿克巴！阿拉阿克巴！

愛維馬利❸！愛維馬利！
虔誠地祭臺前牧師們正歌唱，
哦，你崇拜聖母的兒子者，
輕輕地跪著你的祈禱，晚課的鐘聲正鳴響：
愛維馬利！愛維馬利！

阿火拉馬士達❹！阿火拉馬士達！
怎樣響亮的《阿維斯泰》❺充溢著！

你向火焰與光明禮拜歌頌，
低低地彎腰處，不滅的綠色火炬正熊熊：
阿火拉馬士達！阿火拉馬士達！

那拉耶那❻！那拉耶那！
傾聽那無窮期的神聖召喚！
舉起你們的手，哦，你創造神的兒女，
提高你們的聲音，歡喜地禮讚：
那拉耶那！那拉耶那！

譯者註：

❶此詩四節，分寫回教、基督教、拜火教，及印度教信徒之晚禱，印度各地即有此四種不同宗教的信徒們雜居著。其他尚有錫克教徒、耆那教徒等未入此詩，蓋作者僅就其所居地海德拉巴所見描寫耳。至於佛教之於印度本土，早已衰微了。

❷阿拉阿克巴，意為上帝偉大。

❸愛維馬利，基督教徒讚美聖母馬利之聲。

❹阿火拉馬士達，拜火教徒所信奉的光明神。

❺阿維斯泰，拜火教經典名。

❻那拉耶那，保護神毗溼奴之另一名稱，亦作「那拉揚」。

給永久和平的祝辭（榴麗譯）

人家說，世界是充滿了恐怖和憎恨，
而所有生命的成熟田稻
等待那殘酷命運的不停息之鐮刀。

但是我，親愛的上帝，很高興我的出生，
攀登那穀實的高壇
我看守你清晨之金鶯。

對於世俗的渴望和驕傲我有什麼愛好？
我知道你黃昏的歸程白鴿們的
閃耀而滑動的銀翼。

對於世上粗俗的奔波我有什麼愛好？
我的夢魂在你微光的穀倉中，那裡你在降福

用黃色的無聲之優美禾束。

說啊！我難道會注意死亡的愚蠢預示？
或者畏懼那墳墓中的神祕恐怖與沉默，
謠傳的寂寞和昏黑？

我歡快的心已被你陶醉與浸沉，
哦，活現的狂歡之醇酒！
哦，永恆的親密之精靈！

雜曲

（一支喀什米爾歌，榴麗譯）

罌粟長在屋頂，
鳶尾生在墓塋；
希望長在愛人的心房，
恐怖生於奴隸的胸膛。

蛋白石橫臥於河底，
珍珠躺在海洋的懷裡；
在憂懼的衣襟內是疑惑，
在平靜的心中是信實。

飛螢舞蹈在明月下，
桃葉舞蹈在清風裡；
夢和優美的幻想，
舞過詩人的心底。

寓居在蜂巢中，那甜蜜，
他又在少女的呼吸裡生活；
快樂要向小孩的眼中訪問，
寧靜卻在死神的掌中尋獲。

再見（榴麗譯）

輕蝶們的光亮的雨陣，
嗡嗡地蜜蜂們的柔雲，
哦，樹葉的嘆息之清響，
飄蕩在微風之上！

野鳥們展開了興奮的翼，
去尋覓一個異邦的天，
詩之春的甜蜜伴侶，
我的小歌，再見！

賞賜

給予田野與森林
那春之禮物，
給予鷹與蒼鷺
牠們可誇耀的翼；
她的斑爛給予虎豹，
她的淡雅給予銀鴿……
給我呢，哦，我主，
是愛的歡喜！

給予潛水者的手
那潮汐中的珠寶之玲瓏，
給予新郎的眼
他新娘的月貌花容，
給予夢者的心

他的青春的好夢……
給我呢，哦，我主，
是真理的歡喜！

給予牧師與先知
他們信仰的愉快，
給予國王與武士
他們功業的光輝；
而安寧給予弱小
希望給予強者……
給我呢，哦，我主，
是歌的歡喜！

折翼集 The Broken Wing

第一輯　生與死之歌二十四首

折翼

「為什麼像你這樣的歌鳥，而竟有一張折翼呢？」——哥卡里

（問）

偉大的曙光破曉，悲哀的夜已過去，
她畢竟從深深長睡中覺醒！
長期蜷伏的悅意芳芽，
對著歸來的希望之風張開鮮美的花唇，
我們渴望的心重新他們光煥的飛行，
飛向那燦爛的復興之光明，
生命與我們國土等待他們天定的春……
歌鳥啊，為什麼你帶著一張折翼？

（答）

以為再度甦醒我古土的春
將無法叫喚我的幻想而苦痛的心？
或是命運之神的盲箭來靜止我遠播的
不可抑止的清喉之蕩漾的歌聲？
或是一張柔弱的流血的翼，
壓止了我向樂土高飛的雄心？
看啊，我起來迎接那天定的春，
就用我的折翼向遠星邁進！

印度的貢獻❶

有什麼你需要的我吝不肯給，
衣飾的厚贈抑或黃金還是穀粒？
看啊！我曾將無價之珍寶裂自我胸膛，
擲向東方與西方，
把我衰老胎房所養育的子孫，
貢獻於職務的鼓聲和命定的利刃。

聚集似珍珠，在異域的墳墓，
靜默地他們睡臥在波斯灣頭，
散布似貝殼在埃及的沙漠，
他們暴露著灰白的頭顱與勇武的斷臂，
他們偶然地似花草般被剎倒
鋪疊在佛蘭陀❷與法蘭西的血染的草地。

你能否衡量那眼淚的悲哀我所迸流？
能否估計那守望的辛勞我所保有？
你能否使「得意」轉動我絕望的心？
「希望」安慰那祈禱的苦情？
你能否使我看見勝利的破損之紅旗
映出憂傷的燦爛之遠景？

當憎恨之恐怖與騷擾會停頓
生活再形成於和平的石砧，
於是你的仁愛將呈獻紀念的謝意
給與那些伙伴，他們戰鬥於你無畏的行伍裡，
於是你崇敬那不朽者的功業，
不忘我殉身的子孫之鮮血！

一九一五年八月

譯者註：

❶此詩寫於一九一五年，則為印人參加第一次世界大戰而作也。

❷佛蘭陀，Flanders，為比利時地名。

廟

祭　司

醒來，這是讚美戰神的光煥鐘點！
攜帶新放的花瓣去綴飾他的廟屋，
攜帶石榴花瓣與盛開的雪律莎花枝，
發光穀粒的潮溼禾束。

香　客

哦，祭司！我只帶來我殘破的手琴
為愛神的讚美的禮敬！

祭　司

看啊！獻祭的時間已臨近，
堆高愛神的閃光祭臺石，
用宰割的林地之鹿的美味犧牲

與嬌嫩的白色山鴿。

香　客

哦，祭司！我只帶來我創傷的心
為愛神的血的祭品！

祭　司

聽啊！現在敲響了愛神祈禱的虔敬之鐘聲，
把香木點燃他光明的神龕，
供養那美麗火焰以珍貴的香料，
玫瑰飼育的母牛之凝乳也莫忘掉。

香　客

哦，祭司！我只帶來我創傷的心
為愛神的血的祭品！

蘭克喜彌❶，那蓮花所生

（幸運女神）

妳升起像一顆珍珠來自大海，
它的美麗超越清晨之光輝！
看啊！我們祭請妳以熱切的信心，
　請聽，哦，蓮花所生！

來啊！帶著嫵媚的眼瞼與撫愛的手指，
以降福的腳步來光寵我們的門庭，
恩賜我們以陣雨與你福佑的禾束，
　請聽，哦，蓮花所生！

繁衍我們的搖籃與親族及牲畜，
保護我們的爐火與財富及五穀，
哦，照顧我們安度那寧靜的季節，戰鬥的時辰，請聽，哦，蓮花所生！
為我們親愛的土地我們奉獻祭品，
哦，請妳保持她的光榮，不玷辱，不減損，
與守衛我們國家的無敵之希望，
請聽，哦，蓮花所生！

一九一五年蘭克喜彌普佳節

譯者註：

❶蘭克喜彌，為幸運女神，舊譯吉祥天，或稱女財神，能給人以財富與幸運。最初傳說蘭克喜彌為太陽神阿迪泰(Aditya)兩妻之一，在《梨俱吠陀》中也非幸運女神，史詩《羅摩耶那》中僅稱蘭克喜彌自海中躍出，手持蓮花，容貌美麗。她的躍出海面，是因諸神把海水像攪乳般旋轉之故，故名乳海之女。後毗溼奴派興起，《富蘭那經》中稱蘭克喜彌為保護神毗溼奴之妻，而為幸運女神。謂蘭克喜彌是凡人之女，父為印度教徒，名勃律古(Bhrigu)，

她的美麗，使諸神追求，最後為毗溼奴所得。她因不願聞杜伐沙(Durvasa)咒罵因陀羅神，故隱匿乳海之中。因此世界財寶困乏，失卻幸運，至羅摩時始又出世。其後溼婆派興，又以蘭克喜彌為破壞神溼婆之妻化身之一難近母(Durga)之女或侍從。蘭克喜彌塑像手持蓮花或貝殼，足踏蓮花，似從蓮中生出。印人視蓮花為神聖，故蘭克喜彌又名卡瑪拉(Kamala)或帕德瑪(Padma)，商人均崇奉之，農人亦認與豐收有關。

勝利者 （榴麗譯）

他們帶來讚美的孔雀琵琶，
還有碧玉盤中的鏤刻之寶石，
無數的芬芳麝香與沒藥，
鮮紅的睡蓮花環……
但我無適合的貢禮
所以俯我的臉在他腳背。

他們帶給他御機所織的袍子，
嵌鑲著銀花和珍珠，
華麗的地毯上
有精緻的花紋和金線的光亮……
但我無適合的貢禮
所以展開我的手在他腳底。

他們把貴重禮物裝滿他的宮院，
層層之縠和香料，
高聳瓶甕的酒及金油，
成群的駱駝及母牛……
但我無適合的貢獻
所以把我的生命放在他腳前。

伊孟白拉（在勒克瑙❶）

(一)

步出幽暗的樹蔭，
隔著日光照射的草坪
緩緩地在一個哀傷的行列裡，
那陰沉的儀仗在移動，
悲哀，嚴肅，莊重，
憂傷，蒼白，喑啞，
籠罩著他們無比的痛苦，
那神聖的殉教者們到臨。
聽！衝破這沉思的靜默，
那悲痛的號哭聲
瀝自這世紀的心；
　阿里！哈生！胡薩英❷！

(二)

來自這幽暗的墓地，
　來自這悲慘的祠堂，
那長眠的殉教者行列的
不滅之悲哀在跳蕩。
愛啊！讓這火熾的日光，
熱烈地以永遠不死之精神的
堅固之勝利，
來照耀你明亮的眼睛，
這樣可使新時期的希望
慰藉那無比的悲辛，
從往昔的靜默中喊出：
　阿里！哈生！胡薩英！

原　註：

伊孟白拉，The Imam Bara，是一唱哀歌之小祠堂，每年當追悼月摩訶拉姆❸，什葉派(Shiah Community)❹回教徒們舉行典禮，頌揚悲慘之殉教者阿里、哈生與胡薩英。其表達感情之方式在歌尾疊句之和唱：「阿里！哈生！胡薩英！」

譯者註：

❶勒克瑙，Lucknow，印度聯合省之省會，在恆河流域。

❷阿里為回教教祖穆罕默德之婿，哈生及胡薩英為阿里之二子，均因派系紛爭被殺，其後回教之中僅尊阿里及其二子為宗教領袖者稱什葉派。

❸摩訶拉姆，Moharram，為回曆之第一月。

❹什葉派，為回教二大派系之一，其另一派，為聖尼派(Sanni)。

設刺子❶之歌

設刺子的歌者自遠處來趕節
慶祝這瑙剌節❷用薩朗奇和雪帶，
但他們用什麼音樂來招引我，
從閃光的花園與赤色的寶塔？

星星將被散布似玻璃的珠子，
美麗將被簸蕩似貝殼在海裡，
在他們迷人的笑之琵琶
勝過你淚之琵琶以前，哦，穆罕默德阿里！

當天明之前在設刺子的回教寺塔，
我的心被擾於摩愛僧的高喊，
但這是什麼聲音來警告我，
喚醒世人去贖罪？

星星將破裂似黃銅的明鏡，
歡樂將被沉沒似大石之在海底，
在祈禱或懺悔的氈毯
勝過你夢的顫毯以前，哦，穆罕默德阿里！

在設刺子的靜默中我靈魂將無憂地
等待命運之神的流浪使者……
什麼恐懼或歡樂他的手將替我掌握，
他給與報酬的酒杯太遲慢？

星星將被殺割與根除似草萊，
光榮將被拋棄似廢物之投進海裡，
在死亡或拯救的酒杯
勝過你的愛之酒杯以前，哦，穆罕默德阿里！

譯者註：

❶設剌子，波斯古都。

❷瑙剌節，為波斯之新年。

莊嚴的德里❶　（榴麗譯）

莊嚴的城市，天賦與了至高的恩惠，
你的復興的光榮仍緊抱著
那些偉大的古代悲劇
那些被征服王族的災難；
雖當你心恢復了的歡悅
響徹了你被遺忘的國王們的睡眠，
他們在你懷抱裡取得了生命的最後安息，
但冷卻的記憶之淚還掛在你腮邊。

嬗遞著的國王和國家，
演過了往日的光輝故事，
但你依舊不變地遺留下
得意歷史的連續誌標，
古色神祕的不老女祭司

在她廟前，死神的咒語無效。

一九一二年

譯者註：

❶印度古都或成廢墟，或已衰落，唯德里自史詩時代（約西元前一千二百年）潘達伐五兄弟闢草萊建因陀羅帕德城以來，屢建新城，光榮代增。西元一二〇六年古德伯烏丁開創奴隸王朝以後，德里更成為全印度的京城，中經回教五代、蒙古王朝、英印帝國，歷千年不衰，故詩中有「天賦與了至高的恩惠」、「死神的咒語無效」等句。今印度民族復興，新印度之國都，仍為德里。

輓詩（榴麗譯）

(一)雅，馬赫勃勃！

這些是我熟習的街道嗎？——
是昨天？還是數世代前？
當時的英雄而今安在？——
是愛的巡禮者們在你王宮的門前？
是那歡快的讚美歌響徹行雲？
是那在你宮前廣場經過的喧赫之遊行？
還有那樂隊的演奏響過你奇妙的疆域……
當你在位時節？

哦，用哈龍❶的光榮，
來援助人民的需要之手！
哦，用哈丁臺❷之浩繁的施捨，
來安慰悲哀世界的叫喊之心！

何處是那些生翼
和穿戴在古巴格達之非常式樣裡的歲月？
而何處是那光榮之禽鳥歌唱在你奇妙的疆域……
當你在位時節？

哦，國王，你的國家沒有變易，
只有我的靈魂是這樣的奇特，
為悲哀而昏暈到不能聽聞，
除卻你玫瑰花冠的墳頭之歌聲。
我哀傷的胸懷已太冷
不能懷抱那從前寶貴的美質
生命的豔麗，陽春的恩賜與我抱負的夢
　當你在位時節！

一九一一年八月二十九日

原　註：

「雅，馬赫勃勃」意為「哦，愛戴的」，是前任海德拉巴土邦尼山的旗上的標記。米爾馬赫勃勃阿里可汗 (Mir Mahbub Ali Khan) 他的人民所愛戴的。

譯者註：

❶哈龍，Harun-al-Rasheed，回教文化黃金時代巴格達之阿拔斯朝 (Abbasside) 最有名的一位教主 (Caliph)。

❷哈丁臺，Hatim-Tai，阿拉伯古代有名之仗義施財者。

(二)哥卡里❶

英雄的心！我們生命的失去的希望！
你是否需要我們愛或頌的禮敬？
看啊！讓那圍繞你的火葬柴堆的悲悼之萬眾，
用那神聖的火點燃他們的魂，
點自你手中遺下的勇敢炬火

來援救與服務我們災難的國土，
以及在日課中接受你的教導，
把聯合印度的聖廟來建造。

一九一五年二月十九日

原　註：

哥卡里，Gopal Krishna Gokhale，為我們的國家真理的偉大聖人與戰士。他的生命是一個聖禮，他的死亡是為印度聯合的犧牲。

譯者註：

❶哥卡里，印度國大黨之溫和派領袖，印度之僕會的組織者。甘地在南非發動非暴力抵抗運動，哥卡里為有力之援助者。甘地對哥卡里甚為尊敬，待以前輩之禮，哥卡里則視甘地如小弟。甘地自傳中屢道及之，曾云：「哥卡里是我航行在大海中的舵師。」尼赫魯之《世界史一瞥》中亦稱道其為貧民服務之精神。

向我父親❶的靈魂致敬

（亞哥里奈・卻託帕特耶）

再會，再會，哦，勇敢而仁慈的賢者，
哦，神祕的嘲笑者，善心之童子！
忘我，沉著，清靜，
憂憤與貪婪的凡俗之羅網不能誘致；
哦，無夢時期的光輝之夢想者，
你的深奧的煉丹之幻影，
使時代的更易之使命，
符合於你的堅定之智慧，源自不能汙損的《吠陀經》❷！

再會，偉大的靈魂，無怖無瑕，
自由是你的定律，愛是你的生命，
而真理是你純正不朽的目標……
全都歡送你，因你的卓越之飛昇，

從希望到希望，從頂峰到齊天的頂峰，
消逝在宇宙魂的狂喜中。

一九一五年一月二十八日

譯者註：

❶奈都夫人之父為科學家，故詩中有煉丹之語。

❷《吠陀經》，為印度教最早之經典。吠陀之意為智識。《吠陀經》有四，曰《梨俱吠陀》，為對各神祇的祈禱讚美之歌，產生最早，約成於前十三、四世紀，現存十卷，一千零一十七篇。此後產生之三種《吠陀》，凡屬神前獻供時使用者曰《沙摩吠陀》，有關禮拜所用之各種儀式者曰《夜柔吠陀》，有關民間所用祈禱或咒法者曰《阿達婆吠陀》。此後起之三吠陀與原先之《梨俱吠陀》合稱四吠陀。

勃林達朋❶的奏笛者（榴麗譯）

為什麼你要奏你的無比之笛
　在開達密巴❷樹蔭？
你用高亢的曲調
　創傷我幽閒而幻夢的心，
隨便你到哪裡，
　我的奏笛者，我必與你同去。

依舊，我要像無家的小鳥般漂泊，
　把一切都棄卻；
棄卻那凡俗的愛與塵世的吸引，
　雖則他們曾經羈縻了我半生。
跟著，跟著，來和應
　你的魔力之笛聲。

去到因陀羅的金花之樹叢，
　那裡神聖的溪河流動，
或則去到悲哀閻摩❸之靜默宮院，
　吞沒在無光的哀傷裡，
無論哪裡我聽到你美妙的笛聲
　心愛的，我必去！

深海與高山的險惡，
　豈能挫折我有翅的雙足？
時間所不能征服的空間恐怖，
　或無光的末路之路，
豈能阻撓我的心？
　我心的跳動正飲喝你神笛的甘露！

原　註：

克里史那，Krishna，勃林達朋神聖的吹笛者，他吹奏的上帝之樂曲，引誘每一顆印度教人的心離去凡人的憂慮和罣礙。

譯者註：

❶勃林達朋，地名，在馬土拉附近，克里史那為該處之牧童，善吹笛，傳是保護神之化身。至今為崇拜克里史那者之朝聖地，有克里史那廟。

❷開達密巴，Kadamba，闊葉喬木，開黃花。

❸閻摩，Yama，或作閻摩羅闍 (Yamaraja)，譯云雙王。為印度死神，有審判權。中國閻王，即印度閻摩羅闍之簡稱。閻摩原為人類始祖，是最初之死者，處於天之遠邊，人死則至閻摩所居，見其先祖。閻摩僅統治幸運之死者，至於以閻王為地獄主，懲罰罪惡之說，乃後世所增益。

告別

再會，哦，你包圍著我要求我的歲月作仁慈之服務的
那些熱切的神情，
再會，哦，你縛我以讚美的播愛之花冠的
那愉快之精神！

哦，希望的金燈，
我怎能從捨棄的火給你帶來生命的光焰之照明？
哦，青春的熾熱之心，
我怎能從斷裂的七弦琴給你彈出生命的歡樂之音訊？

我將報你以什麼其他的禮敬？
是那大海襟帶著的凱旋之都城？
但凱旋城正衝決於人類的長期紛擾
所生的悲哀與光榮之怒潮。

難道你還要我給你另外的貢品？
你已經奪取了最寶貴的東西，我的生命。
啊！我將離開你，告別無語，
死了的夢之聖地！哦，我淚珠的廟宇！

挑戰（榴麗譯）

你在你勝利的潮中征服死之荼毒的神祕，
和生之毀滅的得意，
哦，勝利的海，
你的深淵能否克服愛之永久記憶的潮水？

甜蜜的大地，在你光榮的盤中，
雖有希望不絕之酒的明火熊熊，
你是太狹又太弱來擔任
我心之絕望的粗大野葡萄藤。

哦，奮勇的天，這樣熱心來
高高地支撐黃金星座的歡笑之重擔，
當你忍受我的不眠之苦的光煥緘默，
你勇敢的容色會很快的凋殘。

乞丐流浪歌 （榴麗譯）

走出了黎明的門，
我們流浪，流浪著不斷前進，
直到友誼的光消盡。
　咦，阿拉❶！咦，阿拉！

我們是「命運」的自由兒，
我們對於財物與身分，
或者那偉人的榮譽，有什麼繫心？
　咦，阿拉！咦，阿拉！

不管生活對我們是給與或壓緊，
房屋或衣服，麵包或黃金，
我們的心總是勇敢而歡欣。
　咦，阿拉！咦，阿拉！

時間正似吹著的風，
將來是一朵含苞的玫瑰，
還沒有人知道採花者是誰。
　咦，阿拉！咦，阿拉！

所以我們一群無畏地前進，
自由的手杖在我們手中，
從這一國土流浪到那一國境。
　咦，阿拉！咦，阿拉！

直到我們遇見生命的夜晚，
平等的給與乞丐和國王的
一樣的旅程的終結。
　咦，阿拉！咦，阿拉！

譯者註：

❶回教徒稱上帝曰「阿拉」。

蓮花（給甘地）

哦，不可思議的蓮花，神聖與莊嚴，
無數瓣的純潔之慈悲，
制勝了悲慘命運的疾風暴雨，
而植深根於各時代的清水。
有貪婪之唇的大群野蜂隊，
從許多遙遠的地方自由地聚來；
有希望與恨的翅膀的飢餓之風，
擁擠地環圍著你神奇的英萃。
他們來蹂躪你的麗質，
乾涸你榮譽心中的喜悅……
但是誰能贏得你的祕密？
誰達到你創造神氣息所生的無盡期的美，
或者摘取你的永生？
你是生命之神和死神的同年人。

伊斯蘭之祈禱

我們讚美你，哦，憐憫！
生命與時間及命運之主人，
辛勞的風與海之領主，
　哦，哈米特！哦，哈菲士！

你是我們路途的光明，
你是我們過失的寬赦，
你的名字傳播著從此星至彼星，
　哦，甘尼！哦，甘法！

你是我們渴望的標的，
你是我們的歌唱與緘默，
日光與種子的生命——
　哦，華哈白！哦，華希特！

你能時時變形，
我們凡人的軟弱變為有力，
我們的束縛變為自由，
　哦，郭提爾！哦，郭維！

我們是你光之暗影，
我們是你力之奧祕，
你的原始夢的幻景，
　哦，拉赫曼！哦，拉享！

一九一五年宰牲節

原　註：
上列名稱是阿拉伯文之九十九種上帝美名之一部分，為回教徒所引用。

鈴聲❶

（踝鈴）

踝鈴！清脆的踝鈴！
你保持了愛的古代祕密，
像藏在透明貝殼之唇的
記憶之海的低弱音節，
你傾吐那動人的儀式，
傾吐斷續的言語與哽咽的哭泣，
玫瑰氣味之夜的甜蜜的痛苦
與啟口以彼此招呼
或渴想歡樂而緘默。

（犢鈴）

犢鈴！悅耳的犢鈴！
你帶來多麼美麗的記憶，

似眠的田野與似夢的泉流，
與疲憊的勞動者的收斂之翼，
難得的歡樂環繞於節日的火，
短暫的約會那青年與美人所信守，
生花之屋頂與芳香之牛棚的
白犢之集合歸宿，
那流浪婦人所唱的古老歌曲。

（寺鐘）
寺鐘！深沉的寺鐘！
催促的聲浪衝破了天空！
在你邀擾的音樂中寓居著
人世的悲哀與遠古的叫喊，
用讚美之翼分隔那黎明，
用祈禱之翼分隔那黃昏❷，
為我們凡俗的世路而乞求憐憫，

為我們生命的絕望而覓取慰藉，
以及為死去的受苦之心獲得安寧！

譯者註：

❶鈴與鐘為同類之物，本詩標題為 *Bells*，全詩三節，以豐富的想像、哲學的意境，歌詠 anklet bells、cattle bells，與 temple bells 三種 bells，但在中文習慣上第三種應譯為鐘，遂使三種名稱不能一致。

❷印度教廟宇之鐘聲，每日於黎明時及日暮時敲擊以召集信徒入廟禮拜或祈禱，故詩中有分隔黎明與黃昏之語。

園中❶不寐之夜

在那園林的寂靜裡，
只有隱約的微風在潛行，
攫取那雪律莎花的奧祕，
又遺贈那玫瑰花的奇妙懊惱
給與新生的時辰。

疲乏的痛苦與磨滅的夢使我臥而不寐，
唸著數那似貫串天空的發光星星以代佛珠？
環繞著我，那擺風的香伯克花枝颼颼，
花瓣紛紛墮落，破碎成香雨，
撲向我寂寞的床頭。

遠在太陽第一次遙遠信號的照射
或者她的預言之喇叭在遠處呼喊之前，

那些燦爛的行星萎縮而斜傾——
除卻在它的東方之聖地，
不熄滅的，不可犯的，那得意的晨星。

哦，輝煌的希望之光更在海角天涯之外！
哦，可愛的標記，和他的甜蜜徵兆，
那聲音，我渴欲聽見，
用仁慈的言語來安慰我或教導，
你金色的火焰將昏暗在他眼前！

我不管什麼勇敢的光輝，興旺或死亡，
你只燃燒在你指定的地方，
高高地在那還只魚肚白的天空，
而天天允諾我
可在你火焰中崇拜他的隱蔽之面孔。

譯者註：

❶印度炎熱，夏日均設床臥於園中，或屋頂，或屋前屋後。

無敵　（榴麗譯）

哦，命運之神，你雖把我的生命，
在痛苦的磨石中，像穀粒般壓磨成粉，
看啊！我將用我的淚使它發酵，
我將把它捏成希望的麵包，
來安慰那些沒有收穫的無數的心，
它們只有災難的苦草。

雖在悲哀的火焰裡，
你把我正開花的魂踏入塵埃，
看啊！它重又開花像一叢樹
在茁長的枝下，伸展了愛，
遮蔽那些沒有園地開花的無數的心，
它們只有死亡的苦蕾。

珍珠

（榴麗譯）

多少時間足夠
把太陽的明亮之各種顏色
貯藏了你的無比的光澤？
哦，無價之珍珠，
美麗勝過一切的頌讚，
你的美麗為舉世所欣羨，但尚無人占得，
你滿足地居留在你可誇的自己的領域。

會有一個最後，
未知的時間把你送走，
去裝飾和增長
一個貞潔新娘的胸膛之美麗
因而滿足生命的緊急和不可避免之所需，
或者要你用無瑕的光焰，

來增光一個新生國家的著名冠冕。

是不是你將自制
拋卻這些甜蜜而神聖的接觸
不把那愛情的歡愉之盟誓焊接在一處，
而要無情地在你空洞的自尊中
誤解了行動自如的最深奧祕
無福地回到原始的海裡？

三種悲哀 （榴麗譯）

哦，神聖的憂愁，我將怎樣來敬重你？
我的愛願意欣然變態，
我的災難成為音樂，
我的心變成一隻不朽的琵琶。

哦，寶貴的痛苦，我將怎樣來撫愛你？
我的戰慄的手欣然願意
把你鑄鍊成一把不朽的劍，
來服務我的被削的土地。

至於你，甜蜜的悲哀，可怕而可愛，
最苛刻而神聖？
哦，我將用深切的苦楚來把你雕刊
成為一座不朽的神龕。

加里[1]——母親

合　唱：哦，可怖而仁慈與神聖！
　　哦，大眾供奉的神祕之母親，
　　橙黃穀物與神聖的羅勒花瓣，
　　我們獻上妳廟中的祭臺；
　一切生與死的貢品，我們帶給妳，伍瑪，海瑪梵諦！

少女們：我們從樹上採給妳花蕾與漿果！
新娘們：我們帶給妳結婚禱詞的歡欣！
母親們：而我們是做母親的甜蜜之劬勞！
孀婦們：而我們是絕望的苦味之徹夜長醒！
合　唱：一切歡樂與一切悲痛我們帶給妳，
　　阿姆別卡！巴梵諦！
織工們：我們帶來我們織成的卑微的貢品！

農夫們：我們帶來我們新秀麥子與新生山羊！
勝利者們：而我們是刀劍與我們俘獲的象徵！
敗北者們：而我們是失敗的恥辱與悲傷！
合　唱：一切的凱奏與一切的眼淚我們帶給妳，
　　吉利伽！夏姆拔維！

學者們：我們帶來我們古代藝術的奧妙，
僧侶們：我們帶來我們的寶藏，那不朽之信條，
詩人們：而我們是我們心之奇妙音韻，
愛國志士們：而我們是我們事業的無限崇敬，
合　唱：一切光榮與一切優美我們帶給妳，
　　加里！瑪海希華麗！

譯者註：

❶據說加里、巴梵諦等均是破壞神溼婆(Shiva)之妻女神伍瑪之手足或身體一部分所變成，

加里的來源是這樣的，有兩個大魔王名匈拔(Shumbba)與尼匈拔(Nishumbba)，征服了諸小神後，到喜馬拉雅山參謁女神，時巴梵諦正在恆河沐浴，從她體中生出一個姣美無比的女子，魔王匈拔派代表去求婚，未得允諾，便派兵來搶婚。女神不勝憤恨，從額前放出一個化身加里來應戰。那加里眼睛冒火，舌長如赤練，頸間掛滿人頭，把魔兵打退。最後魔王帶著所有魔兵，與女神對戰，女神也總動員諸神參加大會戰，諸魔一一被殺，只剩妖魔一人名拉克塔比(Raktabij)，被殺後血濺地面，立刻現出無數同樣妖魔，女神乃命加里到地面專任喝血工作，清除戰場血跡，血盡魔滅，從此永享太平。印人或有不知有伍瑪者，但不論老幼，無不知有加里女神者，故奈都夫人此詩以加里為題。

醒來

（給真納）

哦，母親❶，醒來！妳的孩子們在乞求妳，
他們跪在妳面前給妳效勞，給妳膜拜！
深夜熱烈地夢到明天，
為什麼妳還睡眠在妳憂慮的羈絆？
醒來，截斷那束縛我們的禍患，
請妳洗淨我們的手，準備歡迎那呼喚著我們的勝利的到來！

哦，我們所愛戴的，我們難道不是屬於妳？
可以繼承妳精神的種種光榮和權力？
我們將永不使妳失望，我們永不猶疑，永不捨棄妳，
我們的心是妳的祭臺，妳的盾牌，妳的家。
看哪！妳的故事將使高懸的星斗顫動，
我們將使妳再處於光榮的最前鋒。

印度教徒們：母親！我們已經把崇拜的花加冕於妳！
拜火教徒們：母親！我們希望的聖火將環繞著妳！
回教徒們：母親！我們愛的劍將保衛妳！
基督教徒們：母親！我們信仰的歌將侍候妳！
全體信徒：我們的不折的信心會不幫助妳嗎？
聽啊！哦，皇后，哦，女神，我們向妳致敬！

原　註：

一九一五年，在印度國民大會宣讀。

譯者註：

❶詩中所稱母親是指印度，此詩應作〈給印度〉及〈愛之頌歌〉之續篇讀。

第二輯　花年六首

「含笑的花朵之光沿著芳草散布。」——雪萊

春之召喚（給帕德瑪伽與麗蘭瑪尼）

孩子們，我的孩子們，春天重又甦醒，
他叫喚著在清晨，他叫喚著在晝分，
叫喚那些似花的嬌捷少女像妳們，
去共享他的嬉樂時期的歡欣。

經過花園與叢林，蒞臨山麓與幽谷，
多麼美妙的頌歌在振響，
那裡欣喜的黃鶯、畫眉與鳩鴿，

牠們迎春的歡歌在和唱。

我知道那裡象牙色的蓮花展瓣
在小溪中半掩於蘆葦間，
而在叢林在窪地在籬邊，
惠風的和暢隨伴著金黃的花朵之開遍。

我知道那裡蜻蜓在閃光與滑翔，
野孔雀的翠羽在眩弄，
那裡狐狸、松鼠與懦麂隱匿，
鷲鷹與蒼鷺蜷縮著入夢。

大地鮮明似蜂鳥之羽翼，
碧空像翠禽之毛翮，
哦，來啊，讓我們去與春同嬉
像天真的孩子們在一起。

春之蒞臨

哦，春啊！我不能趨前歡迎
你的蒞臨，一如往年的例行，
我用香伯花蕾和新秀的麥子
編成我的光亮的黃金面幕，
而銀鐲戴在我的腳踝。

讓別人踏那花開的路
摘取新葉去貼在額頭，
在夭矯的株幹下打鞦韆玩耍，
那株幹上的香穗小枝
開著那珊瑚色與橄欖色的花。

但縱使我背倚這蔭蔽的牆垣，
來歇息與滯留在人後，

請勿誤會我愛之不堅或不實，
或不睬那動人的呼喚
去享受你銷魂的佳節。

哦，芳香！我不是對你虛偽——
只是我心的倦怠
剛自笑的高階下跌
而覓得一切陽春歡樂的線索
也都已迷失。

曾有一支歌我所常唱——
但現在那歡快和唱的舊調
我已無法找尋，無法找尋——
我已忘卻一切——
原諒我，哦，我的伴侶春！

一九一六年伐桑旁遮米日

春之魔力（榴麗譯）

我把我的心葬得很深，很深，
在一座祕密的痛苦之山中，
就說：「啊，可憐的碎心，
雖是春之魔力
也永不會使你回生，
即使三月的森林閃出卵石雨的光亮，
和多情『可愛兒❶』的歌唱。」

那「金秀克」怒放出眩目的花朵，
那「西蘑珥❷」在血紅的全盛中生長，
那棕林裡黃鶯的翼在照耀，
那「可愛兒」開始歌唱；
那輕雲破裂成迅疾的潮……
我的心在墓裡跳起叫道：

「是春嗎？這是春嗎？」

譯者註：

❶可愛兒，Koel，為鳴叫著迎接春天的一種印度小鳥。

❷金秀克（Kimshuk）、西磨珥（Seemul）均為紅色春花，美而無香，印人用以作環飾。西磨珥形似耳飾，所結實似棉，可作枕心之用。

夏林（榴麗譯）

哦，我倦於油漆的屋頂和軟絲的地板，
渴望著風吹的緋紅葛爾慕火的華蓋。

哦，我倦於歌唱和鬥爭，佳節與榮名，
願飛向那金桂怒放成火焰的樹林。

愛啊，遠離開人們的讚美和祈禱，困倦與勞作，
跟我來到那可愛兒歡唱的花林與幽谷。

哦，讓我們把掛慮拋去，獨自躺著出神，
在羅望子、摩薩里❶及尼姆樹的纏繞的虬枝之蔭！
茉莉花枝盤繞在我們的額上，吹奏著雕花的笛，
喚醒榕樹根中的蛇王們的睡色。

在黃昏的時候遨遊於河濱，
沐浴在蓮花池中，那裡金豹們啜飲！
愛啊，你和我同在花開的深林
沉浸在愛之聲的靜默與閃光的幽境。
燦爛晨曦的遊伴，夜的愉快情侶，
像克里史那，像蘿迭卡❷，環抱在歡快裡。

譯者註：

❶摩薩里，Molsari，花名，開小白花，甚香，似茉莉。

❷蘿迭卡，Radhika，即牛乳姑娘拉達（Radha），印度史詩《摩訶婆羅多》中英雄克里史那之情人。

六月暮色

（榴麗譯）

那裡我的心將覓得它的平靜之港，
在燈心草為邊的河及雨所飼育的溪流旁，
它們閃耀著穿過百合與棕櫚原野
這裡我的心將獲得甜適的安臥，
在夢之日落的天底下
透明似紗，黃似琥珀，赬似玫瑰花。
空氣為敏捷的野鳥
歸程之閃射及旋轉而發紅
藍寶石與翡翠，黃玉及珍珠
漂浮在黃昏的光圈中。

一隻棕色鶉在檉柳叢中啼叫，
一隻夜鶯從牡桂中呼喚，
龍膽推她的銀花之尖錐，

穿過潤溼的土壤。
那裡光亮雨陣的腳經過
展開了芬芳而新鮮的歡暢
野鹿攫食香草
野蜂攫食金色仙人掌。

一輛牛車在岩石上蹣跚前行，
一陣追逐那微風的渴望之樂聲
發自一個牧童的笛
他把他的羊群在庇帕爾樹底下聚集。
年輕少女彭伽娜[1]提高她的歌聲
趕著她的牛群
配合著那神祕曲調的節拍
她蕩漾在愛情與戰爭的古老山歌中
那淡淡的疏星在東天閃爍
來通報明月的上升。

譯者註：

❶彭伽娜，Banjara。奈都夫人面告彭伽娜是吉卜賽女子名。

玫瑰時節

愛啊，這是玫瑰時節！
在鮮明的田野與花園的圍地，
看它們發芽展葉！
看它們拂過墳頭與塔根，
灑出繽紛的深紅色之雨陣，
簸出金色的不羈之潮汐！

看它們招引野蜂來攫取
所有它們惑人芳香的
豐富蜜汁之狂喜，
又讓過路的風舞弄
一切它們嬌弱與閃耀的光彩
來與你頭巾上的羽狀之摺花爭輝！

看它們脫空而去浮在
晨之高漲的河水，
綴成可喜的珠串似的艦隊，
看它們裝飾那月光照射的草地
變成厚厚的霓虹色的一塊，
像一個美麗王后的新婚之被單！

藏我在玫瑰冢裡，
沉我在玫瑰酒裡，
取自每一個花叢的香氣！
縛我在玫瑰樹的柴堆，
焚我以玫瑰之火，
冠我以愛之玫瑰！

第三輯　孔雀琵琶（樂府）八首

「伊冷姆的感人之琵琶，在弦索中唧著悲哀。」——Omar Khayyam

銀淚（榴麗譯）

「生命」給我帶來許多貢獻，
脆弱而帶著華麗……
但在所有大方的仁慈之恩物中，
她沒有給我更神聖的，
比你的為了我狂熱的心之痛楚的
悲哀的銀淚。

「時間」給我鑄成了許多邪惡，

粉碎了我的健康與快樂……
但在所有歡愉與悲哀的象徵中，
他沒有遺下更神聖的，
比你的為了我狂熱的心之痛楚的
悲哀的銀淚。

任性

你拈一朵野花在你的指尖，
懶懶地，你把它壓向冷漠的唇，
懶懶地，你撕碎了鮮紅的花瓣……
哎喲！這是我的心。

你拈一隻酒杯在你的指尖，
隨便地，你舉杯送向冷漠的唇，
隨便地，你飲吸後摔去了空杯……
哎喲！這是我的魂。

命運

這偶然在一個四月天的中午，
一隻蜻蜓飛向日光中玩耍，
斂起他飛行的翅用瞬息的光陰，
去啜取一株西番蓮的生命……
誰注意到一株零落的花的死去呢？
啊，鮮豔藍色的遊翔蜻蜓！

愛神來，帶著他的象牙笛，
他的懇求的眼，和他生翅的腳。
他喃喃地說：「我已疲憊，噯，讓我休息
在妳的酥胸的可託庇的愉悅。」
天明時他消失了，他沒有留下半個表記，
啊，誰注意到一個婦人的心之破裂？

無憂花

假使一個可愛的少女的腳
踏在無憂花的根上，
它的枝條愉快地搖蕩而膨脹——
所以我們東方的神話說——
於是開出一叢活潑的
閃光的金紅色花❶，
去裝飾她的額或床
裝飾她新婚的洞房。

假使你熱情的腳
按在我胸的奧妙上，
愛啊，我入夢的心快要醒來，
於是它的陶醉的幻想便掀開
成為抒情的花，

用那和諧花瓣伸展的妙音
和狂放的香馨
來蠱惑行將消逝的美境。

譯者註：

❶少女腳踏無憂樹即開花之印度傳說，見大文豪迦里陀薩（Kalidasa）之詩〈童子的出生〉（*Birth of Kumara*）及劇本《摩羅毗迦與火天友》（*Malavika and Agnimitra*）中。

贖罪

深入那山頭的寂寞之園，
海潮低聲地唱著催眠曲，
一影處於眾影間，溫柔地，安靜地，
飄忽的靈魂浮遊著，
拍擊著白的掌而哀嘆，
啊，讓我的「愛」贖罪！

深入那山頭的寂寞之園，
在那落葉之中，
一影消失於眾影間，模糊地，寒顫地，
飄忽的靈魂悲慟，
敲擊著蒼白的胸而哀嘆，
啊，讓我的「死」贖罪！

渴想

環繞我白晝的憂鬱，
裂開一個讚美的歌曲，
像一個光煥花瓣的風暴之舞旋，
像一陣晶瑩珍珠的灑落之雨點，
發自急切樂師的琵琶，
發自熱情少女的嘴巴。

環繞我黑夜的憂鬱，
裂開一個燈盞的歡樂……
但在生命之愉快與舞蹈之群的
光煥美飾中
滑行我的冰冷的心似一幽靈
在一個玫瑰擁抱的出殯。

愛啊，隱藏在這些寂寞年頭的背後，
依然是一座淚珠的廟屋，
是不是一處悲哀的幽暗聖所
我憂傷的心得到歸宿，
並在睡眠的某種深潮
到達你慰人的懷抱？

歡迎（榴麗譯）

歡迎，哦，如火的苦痛，
我的心不會焦枯不會受損，
要痛飲你的熱烈的雨，
將使我精神的種子早日萌生。

歡迎，哦，安靜的死！
你沒有邪惡會使我悲哀，
你同自由的呼吸共來，
從憂傷中把我贖回。

請開，哦，渺茫的未知，
開你印封著的神祕門！
我去尋找我自己的
永恆之愛的幻影。

不忘的節日　（榴麗譯）

是不是狂歡保有節日？
是不是悲哀致於絕食？
因為愛之親密記憶，
它的甜蜜將更久長於
時間的變易之風
奧妙而卓絕！

我將裝飾我的心
用愛神的朱紅衣襟？
哦，是不是我將拋擲我的生命
像香料的投入愛之火中？
像泣對哀傷的琵琶？
像旋舞在狂歡的七弦琴？

世界的三位一體❶怎能確認
有如此的奇妙贈品，
像這愛的雙生禮物
那深切的快樂與苦痛
那踐約與告別
全集結在一吻之中？

哦，你不需崇拜
神的奇蹟！
緘默與歌哭
歡快與夢幻都是你的，
你已把我的熱切之靈魂
成為你的禮敬的神明！

譯者註：

❶三位一體，基督教以上帝耶和華、上帝之子耶穌及聖靈為三位一體，印度教以創造神婆羅摩、保護神毗溼奴與破壞神溼婆為三位一體。

第四輯　廟二十四首

「我的熱情將燃燒如超度之火焰，我的愛之花將成虔誠的熟果。」

——泰戈爾〈愛的歷程〉

I 愉快之門

禮獻

假使美麗是我所有，心愛的，我將帶它
像一枝珍奇的花獻給愛神的閃光聖所；
假使青春是我所有，心愛的，我將拋擲它
像一顆昂貴的珍珠投進愛神的明澈醇酒。

假使偉大是我所有，心愛的，我將奉獻
這樣顯赫而榮譽的光彩禮薦，
像傾注瑞香與凝乳來奉獻
在愛神的輝煌祭火之前。

但是除卻我心之不滅的熱情，我一無所有，
我的熱情不求神聖甘美的報酬，
情願等待著用得意而又卑微的方式
去吻那愛神經過的足跡。

節日

不用帶來芬芳的香膏，
但是，愛啊，讓我收集
那僥倖被你踩過的
迷惑而生花的塵末，
我將用來塗染我的顏面和眼睫。

不用帶來香蓮花冠，
月的不寐，露的撫愛；
愛啊，經過了可紀念的長年夢，
我的不羈之心將更覺芳甘，
你的腳痕印上我的酥胸。

不用從劫海帶來明珠，
不用從盜域帶來珍寶，

愛啊，允諾我無價的恩賜，
一切你往年的悲愁，
一切你淚點的隱私。

樂極

讓春光把火的花枝照耀那西山，
讓春光把樹的芽焰使南谷醒來——
但我卻採擷你，哦，我渴望的神奇之花，
把你口部的燃燒之花瓣啣在我唇間。

讓春光解放那濃香的風髻，
去招引紫色蜜蜂銷魂地死滅——
縱使狂熱使我的靈魂甘願馳向絕命，
我已痛飲你呼吸的甘美芳醇。

讓春光開放那水泉的樂曲，
讓春光教導人的幻想去模擬飛禽之藝術，
但更天然的音樂震顫了我，當你熱血的河流經
我生命的閘門，淹沒了我期待的心！

琵琶曲

為什麼你要一面黃金的明鏡？
哦，光亮而迫切的容顏。
我的雙眸是渴望的無影之井，
映受你燦爛而慈愛的太陽之照臨！

為什麼你要象牙琵琶的謳頌？
哦，自負而顯赫的令名。
我的聲音是旅程的愉快之琴，
歌唱你的榮譽與英勇！

為什麼你要錦帳和繡枕，
與天青色軟地毯？哦，愛人！
我的心是你的枕帳供你休憩，
是你的雙足的歇息之地！

為什麼你要為生命的愚蠢恐怖與苦惱，
而悲愴地懺悔求恕或祈禱？
在不變年代的火焰中，哦，愛啊，
我的靈魂是你現實的贖罪者！

假使你叫我

假使你叫我，我將立即到來，
　哦，我愛，
我將迅疾於森林的駭鹿，
　或者驚悸的鳩鴿，
迅疾於眼鏡蛇的飛行
　甘為吹笛人的擄獲……
假使你叫我，我將立即到來
　無畏於任何災難。

假使你叫我，我將立即到來，
　迅疾於你所期待，
迅疾於電閃的神足
　飛馳著火羽的鞋。
生命的暗潮將衝激乎其間，

或者死亡的深坑要裂開……
假使你叫我，我將立即來到，
無畏於任何徵兆。

愛的罪愆

赦免我，赦免我兩眼的罪愆，
哦，愛啊，萬一他們一時膽敢
以熱切而顯露的愉悅
侵襲你臉的聖域，
像勇猛奮飛的野禽
凌觸那高天的神靈——
哦，寬宥我兩眼的罪愆！

赦免我，赦免我兩手的罪愆，
萬一他們魯莽地
以震顫的渴望來碰觸你美好的肉體，
來撫摸，來擁抱你，
天性地讚美你，哦，愛啊，
不可計數如恆河之沙——

哦，寬宥我兩手的罪愆！

赦免我，赦免我口的罪愆，
哦，愛啊，萬一他鑄成你的過錯，
用固求的緘默或歌
來向你進攻，
包圍著壓制著，劫掠你的唇與胸，
來慰藉他乾涸的苦痛——
哦，寬宥我口的罪愆！

赦免我，赦免我心的罪愆，
萬一他觸犯你，
角逐於誘致或求得你愛的競爭，
去平抑他的熱情。
去解除他的饑饉
與醫治他悲哀或劇痛的創痕——
哦，寬宥我心的罪愆！

愛的願望

哦，我但願能釀我的靈魂成酒
用以使你壯健，
哦，我但願能用我的歌曲
把你雕成自由之劍！

注入你難免死亡的肉體
以永生的呼吸，
得意地贏得生命
而腳踏死神。

還有什麼高度的犧牲
我未曾實行？
希望我的真愛能使你
變為上帝。

愛的視野

哦，愛啊！我愚蠢的心與眼
除你以外一切都不知，
到處——不論刮風的天，
不論著花的地——我總看見
你面貌的多變風韻，
你優雅的無窮象徵。

在我狂喜的眼中你是
至上與極美的真實，
晨星之光輝，
大海之權威與音波，
春之奇妙芳香，
一切時間收穫的豐果。

哦，愛啊！我愚蠢的靈魂與知覺
除你以外一切都不見，
你是我營養的神聖源泉，
從那裡，生生世世，刻刻時時，
我的精神總飲喝
悲哀與慰藉，希望與權力。

哦，鋒利的劍！哦，無價之王冠，
哦，我禍福所繫的神廟，
一切痛楚形成於你的蹙顰，
一切歡樂集中在你的接吻，
你是我呼吸的內容，
也是死亡的神祕苦痛。

II 淚 痕

愛的悲苦

為什麼你背轉臉去？
是不是為了憂愁或恐懼？
你的權威會衰微，你的尊嚴將減低，
假如你聽我的言詞，假如你觸我的手，
在這久別的長年以後？

為什麼你背轉臉去？
是不是為了愛或恨？
還是為了那不羈的奧妙鐘點的俄頃，
將以無限的力量把我倆的靈魂，
投入命運的旋轉之火中？

請別將臉背著我，哦，我愛！
難道將用哀傷或死亡來
把我們受難的精神解放，
超脫記憶的多情束縛，
或排除舊夢的奴役？

愛的緘默

自從我獻給你
我整個肉的歡樂與靈的至寶，
你生命的負債於我可謂極大，
難道我的愛情必須轉向吝嗇之道，
要用暗示或明言來懇求
一個報答的禮物自你勉強的手？

你將給我什麼……你的所給或是任何所有！
但，雖說你是呼吸著，因此我亦生存，
而我所有的日子只是思念與渴望未遂的
葬禮的毀滅之積薪，
我怎忍心使我的愛情用憂傷的記憶與憾恨
來乞求你或包圍你的心？

我切望傾吐的熱烈言詞還是抑斂，
即使我垂斃，我怎能從你滿水的河邊
獲得一些復活的水分？
從你光輝的歲月，尋覓一個獨占的鐘點？
只是為了愛神之故，命定著我
擔負一個熱情的緘默與絕望的重荷。

愛的恫嚇

哦，愛啊，當春之深恨
將記憶的淒風猛襲你，
能多久，智慧的寬大之翼把你庇蔭？
能多久，無情的尊嚴裨益於你？

在紅花樹的恫嚇裡，
我熱血的被封閉之悲苦將嘲罵你；
在子夜的海之低泣裡，
我呼聲的渴念之憂傷將追蹤你。

用欲望的強健而不眠之翼，
你自己的野心之喧囂將困擾你，
用火焰的迅疾而殘酷之毒牙，
你情感的銳敏之飢餓將咬嚙你。

那時，年輕與陽春及情慾將蠱惑你
以重挫來玩弄你傲慢的叛逆，
哦，愛啊，無人知道那時我將救你或殺你
當你力竭仆地，在我足下你破裂！

愛的報償

雖說是猛烈的創傷你打得我，哦，我愛，
雖說是凶暴的毆擊！
但從你可愛的手上所愛的一切苦難
依然甜蜜於別的伴侶帶來的鮮豔的愛情贈貽，
那些深紅色的夾竹桃與玫瑰。

雖說冷酷是你的獰笑，哦，我愛，
雖說殘忍是你的言詞！
但從你唇間迸出的多少難堪
依然甜蜜於憐惜的唇所獻的慇懃，
與佳哥鳥之感人的情曲之樂韻。

你摘取我的心把他裂碎，哦，我愛。
把他血淋淋地抛開！

在你的腳下踐踏而死亡，
卻甜蜜於遠隔你而獨坐上象牙的寶座，
加冕於寂寞的虛名之欣狂。

假使你死了

假使你死了，我不該哭泣！
我憂傷的心將是多麼甜蜜，
躺向花圈之中在你的胸前，
同衾共享那無夢的睡眠，
最後獲得了愉快與慰安，
假使你死了！

只為生活正似焚燒的布幕，
他隔離我們渴念的靈魂，
冷酷的命運是一道攀越無望的高牆，
而尊嚴是劃分的劍，啊，我愛！
愛情正隔著一重廣闊而難涉的海
在你與我之間。

假使你死了，我不該哭泣！
我們的心將是多麼甜蜜，
混一在朦朧不分的睡眠，
抱合在死亡的深狹之夜，
哦，愛啊，最後！
一切忿怒隱沒，一切哀傷消解。

籲請

愛啊，但願不是如此深不可測的過失，
會毀損我青春之生命與一切的喜悅，
剝奪我甜蜜與光明的歲月，
破壞我安睡與歌唱的隱蔽之洞穴，
但願有你贖罪的慈悲讓我保留
唯一的悲痛的所有，
以減輕我心之光煥遺傳的損傷，
讓我保留痛哭流淚的力量像常人一樣。

但我，哦，愛啊，我正如一片落葉
焚燒在毀滅的苦痛之尖極，
拋擲在疲乏的暗黑之池上，
在愉悅或悲哀的風裡默無聲響。
大地與蒼天的變換之光輝

不能復燃我心中的反應和讚美，
我的鍾愛的死友送向他們安息的河濱，
也不能受我親言目送的禮敬。

不必讓逝去的歡情再回，
希望已斷絕，幻夢已銷毀，
零落的意念，殘破的榮寵，
與星光和晨曦的因緣也都告終。
但，以可誇的命定之手
控制我哀樂與力之源泉的你，
請就一小時的短暫憐憫
給與淚珠之贈品來超度我創傷的靈魂！

殺戮者

愛，假使在黎明時有行人經過，
他說：「看啊！是不是你的衣服滴下朝露？
你的面龐被冰冷的海浪侵及？
你的頭髮被陣雨打溼？」
　回答他：
「不，這些是我用苦痛的躁急火炬殺戮的
憂傷之眼的死之點滴。」

又，假使在暮色中縱飲者要叫喊：
「什麼硃色葡萄酒給你溢出？
還是你的外袍被潑著
搗碎的緋紅花瓣之赤色染汁？」
　哦，愛啊，復語是：
「這些是我用悲哀的利刃殺戮的
心的生之點滴。」

祕密

他們來，甜美的少女們和男子們，帶著耀眼的祭物，
花圈與禮品，頌讚的歌曲與鐃鈸……
心愛的，他們怎能知道我已死，
這許多悲哀的日子？

怎能知道我的華美之夢的靈魂
被踐踏似熟果之碎裂，你腳的無意蹂躪？
怎能知道你把那樣愛你的跳動之心拋丟，
作為肉食去餵飼野狗？

他們帶給我的面紗橙黃，鞋子銀色，
還有崇敬的寶冠把我頭來裝飾——
因為除你以外無人會知道這悲慘的祕密，
哦，我愛，那便是，我已死歿！

III聖 地

愛的恐怖

哦，我愛，可否設計造成
一面盾牌給你隱蔽那些嫉妒的眼與唇？
那些眼與唇用讚美的紛擾
來汙辱你往日的美好！

哦，我愛，可否計劃建築
一座祕密的封閉著的不壞廟屋？
來藏匿你使你快樂而不受傷損，
避開那貪婪的時間與命運。

愛啊，我恐怖入骨，
憂懼這年歲的無窮貪得

會侵害你蘊蓄的優美之得意，
侵害你臉色的欣喜！

我為絕望而顫動，
憂懼那遠程的日光與風
會運載你誘人的眉宇與氣息之光亮聲名
去到死亡的叢林。

我將怎樣來給你保衛？
我自己的至誠愛你也是瀆犯；
哦，我要拯救你躲過
我自己的心之欲望的劫掠之火！

愛的感覺

心愛的，你也許正似人們所說
　只是一盞土燈裡的
光焰如豆的閃爍火花——
我毫不介意……因你照亮我的黑暗
如同白晝的無限光華。

親愛的，你也許正似人們所以為
　只是一顆普通的貝殼，
偶然被海風簸上海濱，
我毫不介意……因你發出宏大的聲響
卻有永遠的美妙音韻。

雖則你不過，一如平常的凡人，
　只是一個不幸的生存，

將被死神所毀損，命運所汰除——
我毫不介意——因你帶給我心
以天堂的真景。

愛的崇拜

捏癟我，哦，愛，在你光煥的手指間，
　像一片脆弱的檸檬葉或羅勒花，
直到為你而生存或延命的我化為零，
　只剩記憶的芳香之幽靈，
讓每一次吹拂的晚風
因我的死而變得格外清芬！

焚化我，哦，愛，像在熾熱的香爐中的
　檀香木之美質為虔敬而毀滅，
讓我的靈魂銷毀為烏有，
　只留一股深表我崇拜的濃烈香氣，
於是每朝晨星會保持這氣息
因我的死而讚美你！

得意的愛

假使你純潔的心被黑暗的磨折所制伏，
你可愛的手被殘酷的罪惡之血所汙辱，
假使你芬芳的肉體陷於蝕骨的腐爛，
難道我不渝的深愛不能給你贖罪？
不能保護你避卻那命運神的痛心之宣告？
不能保護你避卻那恐怖的與憎恨的人世風暴？

你的可怕的病症或罪惡於我何妨？
人們的嘲笑，時間的無情之報復於我何妨？
愛啊，為你之故，生命的一切苦難，
我哪肯怯於制勝或忍耐？
但願我能使你得到慰藉救助和安泰，
與靜止你非常的苦痛在我的胸懷。

萬能的愛

哦，愛啊，為你之故，難道有什麼事情能阻止我的勝利？
你的需要，會授我纖弱的手以無敵的能力，
去駐留那黎明與黑暗，去踐踏與破壞，
那山岳如海貝，搗碎那明月如鮮花，
去乾涸那奔放的河流如露滴，更上天庭，
去摘取那日光如箭，摘取那星斗如自誇的虛弱之眼睛。

哦，愛啊，你口一出言，難道有什麼事情我會怯於實行？
你的意志，會給我纖弱的手以如此大膽的歡欣，
去俘獲並馴服那暴風雨使如小鳥之歌唱，
去屈曲那迅疾的電閃製成一隻王冠戴在你額上，
預先展開未來時間的喜悅如地毯之鋪伸，
衝破那無情的緘默，戰勝那死亡的酷唇。

卓絕的愛

當時間停息，世界成末日，
當命運之神解開那判決的卷帙，
通過他無數的侍從，上帝會知道
每一個靈魂的祕密事跡。

於是每人將各自前往指定的地方，
而你的是上帝的最高天堂，
坐著加冕環繞著塗油的人們，
哦，我的具有純潔之眼的聖人！

我的驕矜的靈魂將不可恕罪，
因為一個熱情的罪愆不容懺悔，
哦，愛啊，我將被宣判被驅逐，
被拋出天堂的高壘。

獨自跌落於時間的深淵，並無驚怵，
穿過燃燒的空間如石子之拋擲，
但我迅速的下降會是甜美與光輝，
因你光煥之臉的記憶之歡快！

自宙代至宙代，如一葉之旋轉，
自火焰轉火焰，如一羽之飄展，
愛啊，我將高唱歡欣的讚歌，
因你不死之名使死亡顫抖。

這樣，你安居於上帝的神祕之園中，
高據如星在上帝的無窮期之天空，
我的違法的靈魂不為乞宥而哀懇，
哦，我的具有純潔之眼的聖人！

祈求

不要從你高傲而寂寞的天體下降，
　我的信奉之星！
但願你照耀，堅定與晶純，
　恬靜與公平；
並令我掙扎的靈魂
　潔淨地超脫凡塵！

仍讓你懲罰的憤怒保持，
　哦，你依然是
一個燦爛的火焰，十分猛熾，
　一個磨煉
使毀壞而又創造
　來更新我的心與志。

依然你的侮蔑是燃燒的山頂，
　我的腳必須攀登，
依然你的憂鬱是苦痛的頂戴，
　把我的頭壓得低垂，
你的堅強的控訴之緘默
　作為我每天的糧食！

這樣我的渴望的愛最後
　將逐漸清純，
經過悲哀去覓取拯救，
　超脫凡人的驕矜，
這樣我的靈魂可到達你身邊，
　贖回，再生。

摯愛

請把我的肉體去餵你的狗彘，
請把我的熱血去灌你的園樹，
把我心化成灰燼，把我夢揚作飛塵——
我不是你的嗎？哦，我愛，溫存我否則把我殺死！

縊殺我的靈魂，把它投入火中！
我的真愛總不會猶豫不會恐懼不會暴動。
愛啊，我是你的，伏在你的胸懷像花朵的鮮豔，
否則為你之故，似葬衣般焚我以地獄之火焰。

國家圖書館出版品預行編目資料

奈都夫人詩全集／奈都．莎綠琴尼著;糜文開譯.——
四版一刷.——臺北市：三民，2022
面；　公分.——（經典文學）

ISBN 978-957-14-7483-0（平裝）

867.51　　111010121

經典文學

奈都夫人詩全集

作　者	奈都．莎綠琴尼
譯　者	糜文開
發行人	劉振強
出版者	三民書局股份有限公司
地　址	臺北市復興北路 386 號 (復北門市) 臺北市重慶南路一段 61 號 (重南門市)
電　話	(02)25006600
網　址	三民網路書店 https://www.sanmin.com.tw
出版日期	初版一刷 1949 年 11 月 三版一刷 1975 年 10 月 四版一刷 2022 年 10 月
書籍編號	S860070
ISBN	978-957-14-7483-0

三民書局